TIEMPOS MODERNOS

SUSO DE TORO

TIC-TAC

TRADUCCIÓN
BASILIO LOSADA

EDICIONES B
GRUPO ZETA

Título original:
Tic-tac

Traducción:
Basilio Losada

1.ª edición: mayo 1994
1.ª reimpresión: octubre 1994

© Suso de Toro, 1994
© Ediciones B, S.A., 1994
    Bailén, 84 - 08009 Barcelona (España)

Printed in Spain
ISBN: 84-406-4740-9
Depósito legal: B. 31.877-1994

Impreso por PURESA, S.A.
Girona, 139 - 08203 Sabadell

Ilustración de cubierta:
Óscar Astromujoff

Realización de cubierta:
Estudio EDICIONES B

TIEMPOS MODERNOS

SUSO DE TORO

TIC-TAC

TRADUCCIÓN
BASILIO LOSADA

*A Mariña, para cuando sea
muy mayor, muy mayor,
muy mayor.*

*A Antonio de Toro y a
Mercedes Santos, y a
la memoria de mis abuelos.*

Cry baby cry
Make your mother sigh
She's old enough to know better.

Lennon-McCartney

My father's spirit! In arms!
All is not well.
I doubt some foul play.

Hamlet, **W. Shakespeare**

¡Que triste é a noite, e o relox que triste,
se inquieto o corpo e a conciencia velan!

Rosalía de Castro

PRIMER MISTERIO DOLOROSO
PROFECÍA DEL *SACAMANTECAS*

Vaya tiempo, eh. Empieza bien el día. No para; en cuanto se pone a llover no para. Antes todos llamábamos por la lluvia, que si había sequía, que si se secaba la verdura, que si en el invierno iba a arder el monte, qué sé yo. Y ahora ahí tenéis lluvia. Toma lluvia. Y a mí me gusta la lluvia, eh, cuidadito, que si me falta mucho tiempo hasta siento que me falta algo. Qué sería de nosotros, que somos como hierba, sin la lluvia. También lo que tiene la lluvia es que hace que te des más cuenta de cómo pasa el tiempo, que lo notes más, como si dijéramos. Eso es cierto, tan cierto como que el tiempo pasa atravesándonos y se lleva sin parar pedacitos de nosotros. Seguro. Hasta a veces me parece que lo siento atravesándome. Más que nada cuando llueve. Sí, hombre, sí, la lluvia también enseña que la vida es ir perdiendo algo de nosotros sin parar. Ya está, ya me entró la morriña y ya me he metido en filosofías. En cuanto llueve, a la que me descuido, zas, ya me meto en filosofías. Y conste que no me disgusta. Positivamente. Pero cuando lleva muchos días lloviendo así ya me parece que me falta el aire, que no respiro. Me va entrando una cosa así para dentro, para dentro, que te va cogiendo, que te va cogiendo. Como una morriña, como una melancolía, qué sé yo. Cuando es así pienso en el río Amazonas, de Brasil, y en el sol que debe de hacer allí a estas horas, que aquello es mucha cosa. También pienso en cuando era un chiquillo, que entonces sí que había sol. En cuanto llegaba la primavera y el verano, hacía un calorazo... Ahora no. Dicen que no tiene nada que ver con que los americanos fueran a la Luna, pero yo creo que sí que tiene que ver. Claro que hay gente bastante más científica que yo, pero no hago caso. No debieron ir a la Luna. Total ¿a qué fueron? A ver quién me lo explica, porque yo no lo sé. Bueno, qué más da. Por mí, que llueva. Total no hay manera de ponernos a todos de acuerdo, que si voy yo y quiero sol, va aquél y quiere lluvia, y viceversa. O sea, viceversa es lo contrario, que si yo quiero lluvia, va él y quiere sol. Eso es viceversa. Y siempre andamos todos en viceversa con todo. Sobre todo con el tiempo, porque yo me acuerdo de antes, cuando era un chiquillo, que no pasaba esto con el tiempo. Si llovía, pues llovía. Pero ahora como vemos al hombre o a la mujer del tiempo en la televisión que parece que son ellos los que reparten y gobiernan el tiempo, pues ya todos nos ponemos, hala, yo quiero sol. No, no, a mí póngame unas pocas nubes, que el sol me hace daño a los ojos. Ahora la gente con lo del tiempo se pone como si estuviera en la carnicería o en la tienda de ropa. Como a una cuñada mía que trabaja en una tienda de ropa y dice siempre «yo a cada clienta que veo entrar por la puerta la mandaba fusilar», dice. Tiene algo de mal carácter, pero también es lo que dice ella, que cada una que entra le hace enseñar toda la mercancía femenina que tiene, toda, porque allí no vende más que ropa de mujeres, que es una mercería, donde venden cosas de corsetería, los sostenes, que hay ahora cada uno... que cuando yo paso por delante de una mercería de ésas me quedo mirando con la boca abierta las prendas que exhiben. Porque exhiben cada cosa... madre mía. Yo a veces me quedo así mirando, que claro, aunque quieras no puedes tocar, que tienes el cristal por delante, y me quedó así mirando para aquellos bustos con aquellos sostenes de encaje... El busto es esa parte que coge los pechos y los hombros. Y veo aquellos bustos y aquellos sostenes... Mi ma. Y aunque uno quiere controlar, conservar el control de la situación, pues a veces es difícil. Una vez salió una vendedora a llamarme la atención: «Fuera de ahí, sinvergüenza. Maleducado». Y el caso es que yo no hacía nada, yo sólo miraba, que no soy ningún degenerado, y lo normal es que si estás mirando que tengas la mano en el bolsillo del pantalón. No sé qué mal hay. Digo yo. En fin, hay gente muy incompresiva. Aquella mujer desde luego era muy incomprensiva, porque yo sólo miraba lo que exhibían, y digo yo que para eso está. Digo yo. Hay que comprender, carajo, que todos somos de carne, y aquella mujer también, y al cabo la carne es como todo, que no dura. A veces se siente uno bastante incomprendido. Uno quiere ser como debe ser. Siempre quise ser como los demás querían que fuese, pero uno nunca acierta. Y siempre tengo la impresión de que hay uno que yo me sé que se ríe cada vez que te sale mal algo. Luego aprendí que es igual, que es mejor andar a tu aire, pero se tarda años. ¿Cómo puede saber uno lo que los demás quieren que hagas? Ése fue siempre mi problema, no acertar. Aunque estés siempre atento, a ver cómo me comporto con este fulano, a ver cómo lo hago con esta mujer, atento a ver qué cosas digo... Nada, es muy difícil. Positivamente. Uno quiere gustar a los demás. Sólo eso. No pido mucho, sólo que lo comprendan a uno. Pero la gente es muy incomprensiva. Positivamente. Te lo digo yo. Más vale no pensar en ciertos temas, porque si uno se pone a cavilar hasta el final, entonces, amigo... Estos días de lluvia no sé qué tienen, que hacen que le entre la tristeza a uno allá dentro. O es que ya está allá dentro y cuando están los días así sale para fuera. Viceversa. Más bien es eso, que está ya ella allá dentro metidita en su cubil y a la que ve la ocasión, chiqui, chiqui, va saliendo para fuera con sus patitas, despacito, chiqui, chiqui. Más bien es eso. Qué de cosas no llevaremos guardadas allá dentro. Cuanto más adentro y más abajo, más cosas debe de haber. Positivamente. Pero, claro, no hay manera de llegar allá dentro. Leí el otro día que los japoneses inventaron un chisme que te entra adentro, adentro, hasta allá abajo, que te lee el pensamiento y que te saca para fuera todo lo que tienes dentro. Como si fueses un pozo. El progreso está bien, pero también esas cosas dan así como un poco de miedo. Si es que no es una trola, o un invento de un periodista, que puede que no tenía qué poner y dice venga, ahí va una trola. «Rompecabezas» le llamaban al invento, en inglés me parece que era *Brekhead*. Con «k». No sé si era *Brakehead* o *Braikehead*. Algo así. Mejor no pensarlo, porque si uno lo piensa le entra como un repelús. Uno siempre quiere saber lo que hay dentro de uno, pero así y todo yo no se lo dejaba ver a nadie. Si te sacan todo eso para fuera, todo lo que uno lleva guardado allá dentro, ya no te queda nada. No vale para nada. Es como si, yo qué sé... Como si dejases de ser tú, como si ya sobrases. Hala, ya no tienes misterio alguno. Ya sobras: te dejamos ahí tirado. Como quien tira el envase de una cerveza. Ya no tienes nada que contar. No, hombre, no. Ni en broma. Y total, aunque uno esté aquí sin haberlo pedido, también quiere decidir su vida. Y uno quiere saber cómo es por dentro, sabe Dios qué cosas misteriosas íbamos a averiguar. Cada persona es un mundo. Pero de ahí a que todos te lo vean, a que salga todo en una pantalla y a que todo quisque se ponga allí a mirar como quien ve una película. De eso, nada. Hoy la gente quiere saberlo todo, quiere verlo todo. Y eso no. Eso tampoco puede ser. Que comprendo que todos queremos saber. De acuerdo. Pero de eso a hacerlo hay un paso. Y hay que dejar alguna cosa sin saber. Que una cosa es matar el hambre y otra hartarse hasta reventar. No, señor. Para que yo me dejara mirar con el chisme ése tendrían que pagarme. Te lo digo yo. Tendrían que pagarme. No lo hacía por un millón ni por dos. Ni por una apuesta. A partir de cinco millones, ya hablaríamos. O más, a partir de veinte millones. Después, cogía los cuartos y marchaba de viaje al Amazonas. O compraba un chalet con piscina en Mallorca. Quién me diera ahora en un chalet con sol, bañándome en mi piscina y viendo pasar los aviones por el cielo. Cuando llueve así, tan seguido, lo mejor es pensar en lugares de sol, porque, si no, te entra una morriña, una soledad... Eso, porque tenemos corazón, que hay gente que no tiene corazón y ésa es más feliz. Un primo mío que le llaman Fernando y es el tipo más cabrón que te puedas imaginar. Tú piensa en el tipo más cabrón en quien puedas pensar. Pero cabrón, cabrón. Piensa. ¿Lo has pensado? Pues más aún. Mi primo Fernando es aún más cabrón. Y eso que es primo mío. Pero es verdad, Fernando es un cabrón de mala entraña. Tiene la entraña más negra que conozco. Y eso que su madre, mi tía Moncha, es más buena que Cristo. Todo lo que tiene, todo te lo da. Así le fue que ese hijo acabó con ella. Yo creo que fue Fernando quien le causó el cáncer. Que un cáncer tampoco se coge así como así, que si tú trabajas y tienes salud y el marido te quiere y tienes un hijo como es debido no coges el cáncer. Pero, Dios mío, con un hijo que quiso vender por su cuenta la casa de los padres con ellos dentro. Claro, como anda endrogado... Pero no endrogado con pastillas, que éste es de los de la jeringa. No le llegan los cuartos a nada. Un día, llega a casa de mis tíos un matrimonio por la puerta, que querían ver la casa. No te jode. Y mi tío, por qué coño no van a ver la de la puta que los parió. Mi tío Paco también tiene un genio de carajo. Y los otros, «pero oiga, ¿ésta no es la casa con huerto que quieren vender?». Menudo disgusto cogió mi tía. Para mí que fue ahí cuando agarró el cáncer de pecho. Pues mira tú cómo es mi primo Fernando; pues a ese tío jamás en la vida le faltó el sueño. ¿Tú piensas que después de hacer una de las suyas, y las hizo gordas, le faltó el sueño? Qué engañado estás. Nunca. Ser, era el diablo, pero dormía como un ángel. Como un inocente. Así que mira lo que te digo, cuanto menos persona eres mejor duermes. Y si no, mira para los animales, que nunca tienen insomnio. O para ese fulano, el Maquieira, que era inspector de policía, que quedó medio inútil de unos palos que le dieron. Pues ése tenía el alma más negra que el carbón, pero yo siempre lo recuerdo ahí, en el Floyma, el bar de Florentino, sentado ante una mesa y roncando. A cualquier hora, durmiendo. Algunos son como animales. Si eres persona siempre tienes alguna culpa, porque algo, quieras o no, siempre se hace. A veces bastante. De modo que si eres persona tienes culpa, y la culpa afecta al sueño. Ahora, que los niños también tienen a veces falta de sueño. Que los niños, no creas tú, que los niños también tienen sus problemas. Que a uno, como son pequeños, le parece que nada, que no tienen problemas. Pero, tener los tienen. Hace poco fui a cenar a casa de una hermana mía, que a veces voy, y después de cenar entré sin hacer ruido en el cuarto de mi sobrino Iván y allí estaba él, todo encogidico envuelto en las mantas, que asomaban sólo los ojitos muy abiertos. Y eso que tenía la luz encendida, pero allí estaba él muy quieto, con los ojos abiertos. Muerto de miedo. Y yo sé muy bien a qué tenía miedo, al Sacamantecas, al Hombre del Saco. A que al sentir pasos, al abrirse la puerta, apareciera no su tío Nano sino un hombre con un cuchillo. «¿Qué tienes, Ivancito? ¿No duermes?», le dije yo. «No», me dice él. Y le digo yo: «¿Qué te pasa?» «Tengo miedo», me dice él. «¿Y a qué?», le digo yo. «A las cosas feas», me dice él. Claro, es que hoy ven tanta televisión, y venga seguido con barbaridades, que ya no sé ni cómo pueden dormir. Pero antes no había tele y también teníamos miedo los chicos. Desde luego, que si uno lo piensa bien, los niños tienen problemas bien gordos. No querría yo ser niño, qué va. Me tendrían que pagar muchos cuartos. Ni por un millón ni por dos me hacía yo niño. Ya me tendrían que pagar por lo menos diez millones, o quince. A partir de quince ya hablaríamos. Con quince millones, de niño ya puedes tener una infancia arreglada. Claro que, como no haya cariño y comprensión por la parte de los adúlteros, pues tampoco es nada. Que cuartos sin cariño y comprensión de poco valen. Desde luego, mira que es difícil ser feliz. Eso está estadísticamente demostrado. Positivamente. Aunque mira tú lo que son las cosas, que hay quien tiene miedo y no lo dice, pero yo sí. Yo, a veces, cuando es de noche, tengo miedo de que venga el Sacamantecas. Miedo de que venga por mí. Porque yo lo vi, lo vi, al Sacamantecas. Tú primero atiende, después di lo que te parezca. La primera vez fue hace años ya, que no era ya un niño. Un día veo a un fulano de barbas largas y pelo largo vestido con una gabardina hasta allá abajo, y, cuando reparo bien, veo que va detrás de una chiquilla que venía de la escuela con su carterita. Yo cogí y me puse detrás de ellos. Y en eso, va el fulano y, no sé cómo, va y abre la gabardina y se le ve un cuchillo enorme que llevaba colgado. Yo empiezo a gritar: «eh, oiga, quién es usted» y tal. Y, claro, la gente empieza a mirar para nosotros y el fulano que se larga y desaparece por entre medio de la gente. Luego la gente miraba para mí con cara de decir «éste está mal», pero el otro bien que lo entendió y se largó pitando. Era el Sacamantecas. Después de eso lo vi varias veces vestido de varias maneras, que le gusta disfrazarse. Y una vez va y me doy cuenta de que vienen detrás de mí por la calle. Miro y lo veo a él, venía vestido de cura pero lo conocí por la cara, aquella cara no se me despinta. Era él, y venía por mí. Yo corrí ligero y me colgué de un autobús que pasaba y lo dejé quedar allí. «Ya te cogeré cuando mueras», me gritó. Y la gente nada, como si no lo viera o no lo oyese. Cuando me acuerdo, se me pone la carne de gallina. Y eso es el miedo que tengo. Que tengo miedo a que me coja antes, pero también tengo miedo de que, en muriéndome, esté él aguardando por mí. Estoy seguro de que lo que viene después de esto es el Sacamantecas. Pero estas cosas no se pueden decir mucho, por causa de que no se rían de uno. Si yo pudiese avisar al mundo, informar a la gente, puede que así nos pudiéramos salvar todos. Estando la gente avisada tiene que haber una manera de cogerlo entre todos y matarlo a él. Puede que así se salvarían los niños y toda la humanidad. Pero a veces he soñado que lo que más le gusta son los niños y las niñas. Claro que cuando le cuento esto a alguien la gente se ríe a cuenta mía. La gente sólo quiere que les cuentes cosas que puedan creer, si les cuentas cosas que no pueden creer se enfadan y se te echan encima. Además a veces tengo dudas, no sé si habrá salido él de mis sueños, porque, claro, tú sueñas algo muchas veces y con mucha fuerza, y luego esa cosa puede tomar vida y después acaba contigo. Si fuese cosa buena también te podría servir de algo, claro. Positivamente. Pero no, esto es mala cosa. Aunque, para mí, que no se escapó de un sueño mío. Para mí que él es quien está detrás de todo. Él es el Gran Trapisondista, el Gran Armadanzas. Es él el que vigila de lejos y el que acecha de cerca. Aunque tú no lo veas él te ve a ti y aunque tú no lo sepas él lo sabe. Por eso hay que desconfiar siempre. Claro que si desconfías siempre pierdes la inocencia y dejas de ser niño antes. Y eso sí que es una buena tragedia. Yo he tenido mucha suerte y conservé la inocencia mucho tiempo; mi madre dice que aún soy inocente. Pero no le hago caso. Aunque puede que tenga razón y por eso veo al Sacamantecas. Pero esas cosas no se pueden decir mucho, porque la gente se burla bastante. Es mejor cambiar de tema, para no amargarse uno. Vaya tiempo más malo. Si al menos escampara un poco, que se viese un clarito. Quién me diera estar ahora en el río Amazonas, o en la piscina de un chalet mío en un día de sol, o allá en la aldea, en la casa de los abuelos cuando era pequeño. Positivamente.

EL GATO LADRÓN (LLORA, LLORA)

–Pídeme perdón.
–¿Por qué?
–Por lo que has hecho y porque lo digo yo.
–No quiero.
–Pídeme perdón.
–No.
–Ponte de rodillas y pídeme perdón. Así, de rodillas.

CAE LA TARDE

Estoy en la piscina dentro del agua y cogido con las dos manos al borde. Oigo el ruido de un avión, alzo la vista y lo sigo mientras atraviesa el espacio del cielo. Se pierde entre los edificios. Pienso en la gente que viaja en el avión camino de algún lugar. Irán o volverán. Me entra una lenta tristeza mientras mi cuerpo flota en el agua queda.

Me suelto y nado a lo largo de la piscina. Luego vuelvo, y luego otra vez y otra vez. Y así doce veces me esfuerzo en atravesar el agua azul. Me agarro a las escaleras de metal casi sin fuerzas y salgo de la piscina sin aliento. Me paro al borde de la parte que tiene menos fondo y con las fuerzas que me restan me lanzo en un salto feroz de cabeza contra el fondo. Siento el crac del hueso contra la loseta y el cloro azul empieza a entrar por la boca al tiempo que siento frío en la cabeza. Encima de mí hay nubes azuladas y el agua empieza a tener un tono rojo. Mi cuerpo flota flojo y con los ojos abiertos.

Como ocurre siempre en estos casos, cae la tarde.

ISIDRO VIEJO

Si en la vida has querido hacer y ser algo, no es fácil llegar a viejo. No es fácil ver que el tiempo se ha ido y que tú sigues siendo el mismo. Todos estos años has estado siendo el mismo, timorato, débil y, en el fondo, patéticamente ridículo. Verte desnudo en toda tu estupidez. ¿Por qué no tuviste la humildad de no pretender nada? Tendrías tras de ti una vida colmada de hechos con sentido, en cada momento el ademán preciso. Las cosas ordinarias son las únicas que existen y que te darían a ti una parte de su existencia redonda. Sólo existe lo que tienes delante en cada momento. Pero tú no lo has visto, Isidro. Tu mirada miope se deslizó esquiva sobre los objetos y los lugares que transitaste, mante-niéndote siempre aislado de ellos y refugiado en el pa-bellón de reposo de las palabras. Palabras miopes tra-bajosamente clavadas en papeles durante años, tantos años. Qué frío, Isidro. ¿Cuánto valen en definitiva to-das las palabras que has pensado, que has dicho, que has escrito, si no tienes un hijo que te llame, Isidro, y dé sentido, claro y circular, a tu nombre, Isidro, pre-tencioso trisílabo? ¿Valen siquiera un perro? Un perro pequeño y humilde, un canelo que ladra y mueve el rabo de contento al verte llegar. ¡Ay, Isidro, no valen un perro que te ladrase! Mira a tu alrededor los estan-tes llenos de libros, carpetas, la mesa cubierta de pape-les, todo tan familiar, tan *heimlich*, y, de pronto, tan siniestro, tan hostil, tan *unheimlich*. Tan lleno de muer-te. Pero no eches la culpa a los papeles, sabías que eras taxidermista de las palabras. ¿Qué pensabas dejar en herencia sino espantajos de palabras? Es difícil afrontar esa perspectiva de frágiles arquitecturas de papel, traba-jadas casi cincuenta años con la dedicación y el cuida-do de un aurífice, desde la altura de tu cuerpo de viejo, de tus dos piernas flacas y de huesos frágiles, de la chepa que curva tu espalda; de los pelos blancos que asoman por tu nariz y orejas, tan grandes con los años.

Es fácil que asomen las lágrimas, tan contadas en la vejez, descomponiendo la máscara de dignidad tan labo-riosamente labrada, y lo peor es que sabes que son las mismas lágrimas, que saben igual, de cuando siendo niño despertabas de noche y no había nadie en la casa. Papá y mamá habían ido al teatro. Eso es lo peor, que has hecho el idiota toda tu vida para nada y ahora des-piertas y tienes miedo y nadie va a pronunciar tu nom-bre para sosegarte y para que duermas tranquilo. Duer-me, Isidro, duerme. No, mamá no está. Atravesaste todos estos años y estás desnudo y lleno de miedo y frío, como al principio. Y mamá no está.

(Manuscritos de ISIDRO PUGA PENA)

ISIDRO PUGA PENA (1918-1988). Prosista narrativo y ensayista. Uno de los hombres que vertebró el quehacer cultural de nuestro país en los últimos cuarenta años. Relacionado con el círculo de jóvenes universitarios del «Seminario de Estudios Gallegos», combina un interesante trabajo literario con la rigurosa reflexión filosófica.

En 1936 publicó su primer libro, un breve poemario, *Media voz*. Pasado el conflicto bélico, y tras un exilio en Francia, Argentina y México, vuelve a Galicia y publica, en 1958, *El sí, el no y otras negaciones,* libro de pensamiento filosófico. En la década de los 60 publica lo mejor de su obra narrativa, *Surco oscuro, Gestos en la noche,* y en 1977, su novela *Casa grande.* Tradujo *Ser y Tiempo,* de M. Heidegger, trabajo que permanece inédito.

Los últimos años de su vida los pasó recluido en una casa de reposo, tras una tentativa de suicidio. En el invierno de su último año de vida sufrió una crisis decisiva, mutilándose los ojos y negándose a hablar una palabra desde entonces. Murió de un cáncer cerebral el 10 de enero de 1988.

Los textos que reproducimos aquí, por gentileza del legatario, son parte de los manuscritos de los últimos años del autor. Reflejan algunas de las obsesiones recurrentes en su obra ensayística y narrativa. Pese a los estragos de la enfermedad, conservan el rigor introspectivo y la dolorosa implacabilidad intelectual de sus mejores momentos prosísticos.

EL GATO LADRÓN (LLORA, LLORA)

—No quiero.
—Que me pidas perdón.
—Perdón por el gato ladrón.
—Así, no. Pídemelo bien.
—Perdón por el gato ladrón.
—O me pides perdón o cobras.

ÍTACA, DICEN / DICEN QUE ÍTACA

«Ten siempre a Ítaca en el pensamiento», leyó en la lata de sardinas Ulises bajo el dibujo de un hombre barbudo con un barquito de vela pintado al fondo. Con esas palabras le vino intenso y nítido el recuerdo. La casa blanca y brillante de sol entre los olivos y los olores a ganado y labor, los aromas de miel y vino. Llevaba mucho tiempo lejos de casa, e Ítaca lo llamaba. Sintió como si su mujer lo convocara de lejos, «Ulises», decía. Oyó los juegos de su hijo Telémaco y los ladridos de su perro Argos. Sí, ya iba siendo hora de volver. Debería poner proa al Norte. Rumbo a casa, a Ítaca.

En el viaje siguió almacenando montones de recuerdos. Recuerdos de trabajos, de fiestas en casa, de alcoba, de cazatas por el monte familiar... «Ítaca», repetía. Y dejaba que el nombre permaneciera en la boca extrayéndole el sabor de las cosas amigas. Y cada vez eran más las ganas de llegar.

Arrimó la nave al muelle; el puerto y las calles estaban desconocidas. Preguntó por su casa a los matalotes que cargaban toneles de vino y cajas de jureles en salmuera. Le indicaron una calle desconocida. Contrató taxi que lo llevara. Cuando paró ante la cancela no reconoció la casa. Llamó a la puerta y la abrió Penélope. Estaba cambiada. Aquella mujer flaca y madura no era la mujer que él había dejado. Entró y se cruzó con un mozo que salía con un casco en la mano. Dio la vuelta para verlo montar en una moto. «Telémaco —lo llamó—, soy tu padre.» Pero él no le oyó entre el estruendo del motor que arrancaba.

Aquella noche se asomó a la ventana para ver las estrellas en la oscuridad. Miró hacia el jardín buscando entre las sombras la tumba del perro, atropellado por un camión hacía dos años. Pero cómo distinguir de noche una sombra de otra. «Mañana haré arreglar la brújula. Donde señala Norte está el Sur. Luego partiré.» Que aquel lugar no era su casa, la que él había dejado, dijo para sí. Aquello no era como él lo recordaba. «Nunca nada es como era. Nunca. Nada», pensó antes de dormirse. Nunca. Nada.

EL MAR

Después de varias horas de viajar en el autobús el cristal estaba empañado, y aunque había pasado la mano e incluso la punta de la gabardina por el cristal para limpiarlo, tenía miedo de que la humedad le impidiera ver el mar cuando apareciese.

Hacía unos cinco minutos que don Pepe les había anunciado la cercanía del mar, «faltan cinco kilómetros para llegar a Foz». Y llevaba cinco minutos apretando con fuerza la bolsa de plástico en la que se leía «Calzados Paqui. Becerreá», que guardaba un bocadillo de queso y otro de chorizo y un plátano. Desde hacía cinco minutos no oía el barullo que armaban los otros niños y niñas excitados por la proximidad del mar. Él se mantenía inmóvil y rígido, apretando con fuerza la bolsa de plástico posada en las piernas y acechando aquel paisaje de pinos, maíz y eucaliptus. Pronto aparecería el mar, y si se descuidaba no lo vería en el momento en que apareciese. A su lado, el Pájaro, su mejor amigo, ya había desistido de hablar con él y se reía ahora mirando a Muíño, dos asientos delante de ellos, que ponía la mano en visera sobre la frente y gritaba: «¡Barco a la vista!» A su lado, Margarita de Bernal agitaba los brazos: «¡Socorro, capitán, que nos ahogamos!»

Era enorme. «Extensísimo», había dicho don Pepe señalando la mancha azul en el mapa. Y verde; azul y verde. Ya lo había visto en la tele. Llegaba más allá que de la escuela a Piornedo, más que a Becerreá, más que dos veces a Becerreá. Más de lo que alcanzaba la vista y aunque pasases los montes aún más. Mucho más aún que a Lugo. Era enorme. Y se podía montar uno en un barco y dar toda la vuelta al mundo sin parar. No terminaba nunca. Y era muy bonito, tenía mucha furia dentro y a veces se revolvía todo y hacía olas gigantes y había pulpos gigantes en las profundidades. Su tío le había dicho que si uno va mucho tiempo en barco que se mareaba, como él cuando empezaba a andar embarcado, pero si era tan bonito y tan grande él no se cansaría nunca de andar por él. A él no lo marearía. Ahora, ahora. Allí estaba, allí estaba. Era aquello. El mar.

Los niños todos señalaban allá lejos todo a lo ancho del horizonte. Todo aquello era agua, salada. Y seguía más allá, y seguía, seguía hasta que llegaba a Inglaterra. Los chicos empezaron poco a poco a barullar de nuevo, a gritar, a meterse unos con otros. Pero él no oía nada. El Pájaro le tiró del brazo para decirle: «¡Cuanta agua, eh!» Pero él apenas lo oyó, sonrió un poco y volvió a mirar por la ventana aquella mancha azul que era también verde y que estaba entrando por él y apoderándose de él todo.

La carretera entraba ya en la villa entre las primeras casas, y los chiquillos redoblaron su estruendoso gorjeo. Las tiendas, los bares. «Mira aquella casa. Ahí está el puerto. Cuaaantooos baaarcoooos.»

El autobús se arrimó despacio a un muro del espigón del puerto, junto a unas torres de cajas de pescado, y se detuvo. Los gritos de los niños ascendieron en intensidad y sus cuerpecillos se agitaban como atrapados por el tembleque. «A ver, callaos, a callar todos», don Pepe dio unas palmadas. «De aquí no sale nadie mientras no os calléis todos.» Por fin callaron. «Está bien. Ahora coged todos las bolsas de comida y vamos a ver el puerto. Que nadie se acerque al agua, que el mar es muy traidor. Se ha llevado a muchos hombres más grandes y más fuertes que vosotros. El que se moje o el que no obedezca atrapa. Y no os vayáis lejos. Tenéis que estar donde yo os vea. Quedáis bien avisados. ¿Habéis comprendido todos?» «Síí», dijeron Ferreira y Cacharrón y algún otro por la parte de atrás; los demás asintieron con la cabeza con cara muy seria y mucho convencimiento. «Vale, pues ahora, despacio y sin empujones, id bajando. Y, ojo que atrapáis.»

El conductor abrió las puertas y don Pepe salió primero. Los chicos fueron bajando mientras el maestro iba advirtiendo al pie de la escalera: «Y no subáis a los barcos, que tienen amo. Pasead, mirad y a portarse bien. Que no digan que por ser montañeses no sois gente. Y no os hagáis daño ni rompáis nada.» El Pájaro bajó delante y lo llamó, «Venga, Suso, muévete». Suso bajó despacio, con los ojos fijos en el mar. «Ojo, Suso, cuidado con los peldaños, que te vas a caer», le dijo el maestro. «Éstos no duermen hoy con la ilusión», comentó con el conductor.

Los dos niños echaron a andar muelle adelante, sintiendo el viento pero sin notar el frío de aquella mañana gélida de primavera. Allí estaba, todo lleno de agua. Se acercaron al borde y miraron para el agua rizada por el viento.

—¡Cuánta agua, eh! —dijo el Pájaro.

—Sí, y qué bonita es —contestó Suso—. ¿Qué habrá ahí dentro en el fondo?

—Pues habrá peces, digo yo.

Y se quedaron mirando. Se veían algunos peces en el fondo.

—Mira, mira, son truchas —dijo el Pájaro.

—No son truchas, que dijo mi tío que en el mar no hay truchas.

—¿Pues qué son? A ver...

—No sé, pero en el mar no hay truchas.

—Venga, vamos.

Los demás chiquillos andaban dispersos por el embarcadero, mirando las barcas, los aparejos, tumbándose en las redes.

—Ésas sí que vuelan altas. Son gaviotas. Y se dejan estar paradas, como los milanos —dijo el Pájaro.

—Sí —contestó Suso mirando para el mar.

Un corro de niños y niñas estaban pasmados ante una mujer que cogía puntos en las redes. Sentada sobre el aparejo y descalza, la aguja de madera iba y venía en sus manos mientras sonreía a los niños. «¿Qué, chiquillos, de dónde sois?» El Pájaro se aproximó al grupo. «Ven, mira», le dijo a Suso. Pero éste siguió andando con paso lento y la mirada clavada en el mar que se adivinaba más allá, en el remate del espigón. Allí estaría el mar todo. El mar que nunca se acaba y que empezaba allí. La eternidad de que hablaba don Santiago sería algo así como el mar, ancha hasta no acabar. Como el Infinito que decía don Pepe cuando pintaba un ocho tumbado en la pizarra y decía que ese número era para siempre. Tan ancho y tan ancho que no tenía fin, y caminaba con la gabardina abierta sacudida por el aire apretando fuerte en la mano la bolsa de plástico con los bocadillos y el plátano.

EL GATO LADRÓN (LLORA, LLORA)

–Perdón por el gato ladrón.
–Mira que te doy. ¿Me pides perdón bien?
–Perdón por el gato ladrón.
–Te he dicho que ibas a recibir, ¿no? ¿No te dije que ibas a recibir? ¿No te lo he dicho? ¡Pues toma! ¡Hala!

LOS BISTECS DEL MUNDO

Conducía distraída. Todos los días el mismo camino, ocho kilómetros de tráfico y semáforos. Todos los santos días. Y, total, para qué. Daban ganas de mandarlo todo a la porra. Se paró en el semáforo detrás de un viejo «dos caballos». Aún quedaban algunos «dos caballos». Eran duros. Qué contentos estaban ella y Ramón cuando compraron el suyo. Lo celebraron yendo a Finisterre. Si se pudiera volver atrás y pudieran volver ellos a aquellos tiempos. Antes de nacer María. Ni siquiera. No tenía fuerzas ni ganas para volver a ser la novia de Ramón. Ni, yendo al caso, para ser novia de nadie. El «dos caballos» arrancó despacio. La niebla mojaba imperceptiblemente el cristal. Le dio al limpiaparabrisas una vez y volvió a ver claro. Puso las luces de posición, una mañana triste y oscura. A mediodía despejaría, seguro.

Además, cuando se casaron y andaban en el «dos caballos» eran dos chiquillos. Qué ingenuidad, Dios santo, qué ingenuidad tenían. Eran como niños. Pero se habían reído mucho, lo habían pasado bien. Ramón entonces era divertido, había sido muy simpático. Aún la había hecho reír un mes atrás, en el Fin de Año. Pero eran gracias viejas, ya se las había oído mil veces. Pero por un momento aún le salió algo de aquel brillo que antes tenía más veces. La vida se había ido haciendo tan seria... Verdaderamente la vida era una cosa triste y aburrida. Preñar, parir, dar de mamar, cambiar pañales, criar una hija hasta que quiere ser independiente y luego parece que la tienes contra ti. Como si criaras a una enemiga. Pagar un piso años y años a una Caja que te chupa los cuartos y la vida. Ramón al menos preparó unas oposiciones a cátedra, pero yo nada. Tendría que haber hecho alguna especialidad hace años, pero criar una niña y trabajar cansa ya bastante como para, encima, estudiar. Estaba cansada y harta. Daban ganas de marchar y desaparecer. Total, nadie la iba a echar de menos. Para limpiar ya estaba la asistenta. La niña ya cocinaba cuando le daba la gana y seguro que el padre se quedaba tan satisfecho con la niña y su cátedra. Ya se arrimaría a alguna. Le entró la risa. Llegó a un semáforo en rojo. El «dos caballos» seguía delante. El semáforo se abrió. Siguió. ¡Ey, que acababa de pasarse el desvío para el trabajo! ¡Qué empanada llevaba hoy! Ahora tenía que seguir, ver más adelante dónde podía dar la vuelta para el curro. Otra vez al curro. Y luego a comer a casa. Cuando llegase ya habrían comido los otros dos. Él en la sala, viendo la televisión, y ella en el baño o en su cuarto. Había dejado arroz hecho de anoche con los bistecs envueltos en pan rallado; al llegar sólo tenía que freírlos. Me cago en los bistecs y en el arroz. El tráfico iba más fluido. Aceleró. Empezó a reírse mientras subía por la carretera en cuesta. Al fin parecía que la niebla se disipaba, se iban espaciando las naves de los talleres y almacenes, y casi todo eran ya huertos y cultivos cuando clareó el día y brilló el sol. Abrió un poco la ventanilla y puso la radio. Me cago en todos los bistecs del mundo. Había un letrero de obras a un lado: «Vía cortada a 2 kms.» Tenía que dar la vuelta. Iba a llegar tarde al trabajo.

EL DÍA MÁS FELIZ

Es el día más feliz, your day más happy, mamón, es la primera comunión. Y en el cielo te están mirando todos los angelitos, que son rubios y van de blanco con unas alitas de plumitas blancas que van sacudiendo así, despacito, y qué uniformado, qué elegante vas con ese traje de marino, pareces un almirante, qué elefante. Los zapatos blancos aprietan un poco, que no te quedan bien, que ya fueron de tus hermanos y te aprietan el pie, pero tú aguanta, que no aguantas nada, quejica; luego por la tarde ya te los quitarás, tienes hambre, pues aguanta, que para comulgar no se puede comer antes, que es pecado mortal, y vas a comer la Sagrada Hostia por primera vez en tu vida y Nuestro Señor Jesucristo va a entrar en, estate quieto, en tu cuerpo, y la Hostia es Su Cuerpo, Su Sagrado Cuerpo, el pan se transforma en Carne de Cristo y tú vas a probar la Hostia, abres la boca, sacas la lengua y el sacerdote posa la Hostia en la lengua, que no se te caiga, metes la lengua y te la tragas, así, sin tocar con los dientes, que si tocas con los dientes es pecado mortal, no que es venial, que no, hombre, que es mortal, pero sal de en medio que vas a llevar, que no haces más que estorbar, pareces tonto. Bonitos son los guantes blancos, manos blancas, y el misal de cantos dorados con la figura de Cristo grabada en el plástico blanco de fuera, que hoy va a entrar en ti y vas a estar todo lleno de Él y tienes que mirar de no pecar para no entristecerlo, que está dentro de ti aún, que después hay merienda, en la sala están los churros, y el chocolate, y los suizos, pero quieres salir del medio, metomentodo, que siempre estás en medio, toma, hala. No llores ahora. Si hubieras salido de en medio, ahora vete a limpiarte la cara, anda, sal de ahí, que no vas a hacer la primera comunión con la cara sucia de llorar. Con la cara sucia de llorar. De llorar.

CIUDAD DE PECADO
(HISTORIA SAGRADA)

Llevan el libro muy cogido con fuerza contra el pecho los hombres de ojos pequeños y negros que aprietan en la otra mano el rabo del cuchillo mientras andan alrededor del muro de la ciudad desgranando rezos y mirando para los reos del hambre y del miedo que miran desde allí arriba sólo confiados en la sólida estatura de la piedra. Y desgarran sus ropas y se revuelcan en el polvo y se tiznan el pelo con la ceniza honrando a Iavé Dios que les ordena segar como hierba seca a los impíos y sacar la luz a los enemigos para que se extienda el sollozo y el llanto y sean cantadas alabanzas a Iavé Dios.

Llevan el libro muy cogido contra el pecho con fuerza porque en él antiguos profetas repiten cada vez que al tocar ellos con fuerza sus trompas de cuerno de buey sacrificado en honor del Altísimo se han de estremecer los cimientos y desengastar los sillares y han de caer con gran estruendo y espesa polvareda los muros de la impía Jericó. Y desgarran sus ropas y se revuelcan en el polvo y se tiznan el pelo con la ceniza honrando a Iavé Dios que les quita de delante los obstáculos para que ellos manejen los cuchillos que el herrero ungió con sangre de cabrón ofrecido a Iavé Dios para que no fallen en segar la voz de aquellas gargantas que no cantan las alabanzas a Su Nombre.

Llevan el libro muy cogido contra el pecho y lo trajeron con ellos de muy lejos abandonados los rebaños de cabras y de ovejas al recaudo de los esclavos pastores y dejados los campos de centeno al cuidado de las mujeres y de los no circuncidados porque su obediencia los guía y Él dijo en el libro que al tocar ellos sus trompas caerán los muros y podrán pasar a filo de cuchillo a todos los pecadores y pecadoras de la pérfida Jericó. Y desgarran sus ropas y se revuelcan en el polvo y se tiznan el pelo con la ceniza honrando a Iavé Dios que les ordenó no dejar vida en la ciudad ni de hombre ni de mujer ni de niño ni de niña ni de animal para que se mezcle su sangre de todos ellos entre los guijarros de las callejas de Jericó y sean cantadas alabanzas en Su Gloria.

Y no quedará de los vivos ninguno según ordena y refiere el libro a no ser una niña de no mucha edad que dejará las ruinas y los escombros y la carroña para llegar con sus pequeños pasos a las otras ciudades que no cantan las alabanzas a Iavé Dios. Pero no podrá contar lo que lleva en sus ojos porque de su garganta no salen ya palabras y los habitantes de las ciudades no sabrán nada de aquellos hombres que se dirigen hacia ellas llevando Su Nombre y el libro con ellos.

EL GATO LADRÓN (LLORA, LLORA)

—Perdón, perdón. No me pegues más. Papá, no me pegues, perdón.
—Ahora pides perdón. Llora, llora. ¿No te acuerdas ya de lo del gato ladrón? ¿No te acuerdas?
—No.
—Llora ahora, llora. Anda, puedes ponerte de pie. Y a ver si para otra te acuerdas.
—Sí, papá.
—¿Lo recordarás?
—Lo recordaré.

EXMO. SR. ALCALDE DE VILANOVA

María del Carmen Fernández Alvite, maestra de Preescolar en el Colegio Público de Vilanova, me dirijo a usted para informarle de la situación en que se encuentra mi alumna María Vanesa Gerpe Añón, de cinco años de edad. Es la hija menor de una familia compuesta por el padre, la madre y la abuela. (Tiene otros hermanos que han sido acogidos ya por otras familias.) Los adultos con los que convive han dado repetidas muestras de incapacidad para hacerse cargo de la educación y crianza de una niña, repercutiendo en ella el ambiente familiar en los siguientes aspectos:

Habitualmente presenta un aspecto externo extremadamente sucio, descuidado y con muy mal olor. No la lavan ni le ponen ropa limpia. Esto provoca fuerte rechazo en los compañeros, que tienden a marginarla y a burlarse de ella.

La desatención y el abandono que sufre es tal que, en cuatro ocasiones en lo que va de curso, vino a la escuela cagada. En una ocasión la bañamos en el colegio y le dimos ropa limpia; en otra volvió por la tarde en el mismo estado. Esto es debido a que muchos días se levanta, se viste y viene a la escuela ella sola, mientras en su casa todos duermen, y otras veces no hay nadie en casa cuando llega a comer, y tiene que pedir comida en casa de algún vecino.

Es utilizada por la madre y la abuela para mendigar por todo Vilanova y alrededores. Esto y la desidia familiar motiva que falte a clase numerosas medias jornadas contra la voluntad de la niña, que a veces ha llegado a escaparse para venir a la escuela. Son también frecuentes las faltas de puntualidad.

Frecuentemente presenta aspecto fatigado, motivado por la explotación que sufre, la mala alimentación y a que no se le respeta un horario regular de sueño (ha estado hasta avanzada la noche con su padre en la taberna). Su talla y su peso son de los más bajos de su grupo. Se queja asimismo con frecuencia de molestias intestinales.

En conjunto es una niña despierta, muy inteligente, trabajadora, con muchísimo interés por aprender e ir a la escuela. Pero presenta una serie de problemas debidos al ambiente familiar. Fundamentalmente, deficiencias de lenguaje (problemas de discriminación auditiva y fonética, construcción incorrecta de frases, etc.), en el desarrollo psicomotor (lentitud de movimientos, poca energía...), presenta problemas de socialización y es muy inmadura en algunos aspectos y presenta algún desfase respecto a su edad cronológica, así como escaso nivel cultural. Recurre a la mentira como medio de defensa y para conseguir lo que quiere. Es habitual también en ella el cometer pequeños hurtos en clase, así como acaparar todo el material didáctico para ella sola.

Por otra parte, presenta una respuesta muy positiva cuando es tratada con cariño y amabilidad.

Por lo que acabo de exponer, considero necesario para la salud física y psíquica de la niña el encontrarle otra familia con la que vivir, donde pueda recibir todo el cariño y la atención que merece, pues sólo en un ambiente de afecto y comprensión podrán ser solucionados sus problemas. Problemas que, aunque hoy no revisten gran importancia, le pueden plantear graves problemas en el futuro en el aprendizaje y en la integración escolar, e incluso en la integración social.

Solicito, pues, de la concejala encargada del bienestar social se interese en el caso con la mayor urgencia, dada la edad y características de la niña, y haga todo lo que esté en su mano para ayudarla en el plazo más breve posible.

(Del Registro)

NENÉ APO

—Nené apo.
—Nené apo.
—A ver, di, mamá guapa. Ma-má gua-pa.
—Nené apo.
—No, no, no. Di mamá guapa. Ma-má gua-pa.
—Nené apo. —El niño ríe y sacude la cabecita llena de ricitos rubios.

—Pues ahora no te quiero, hala. —Lo coge, lo baja del regazo con cara seria y lo sienta en el parquet de la habitación—. Ahora mamá no te quiere. Hala, busca quien te quiera.

El niño se queda serio con la boquita abierta mirando para la madre, sentada en una silla recortada contra la ventana del día gris. Crispa la carita, que se pone roja, y rompe a llorar.

La madre lo coge al cuello y lo mece.

—Pobrecito, pobrecito. No ha pasado nada, no ha pasado nada. Nenito mío. Ya está, ya ha pasado. Nenito mío guapo. A ver, un caramelito. Nené apo.

EL NIÑO Y EL MAR

La ambulancia estaba silenciosa, pero la luz roja
daba vueltas y vueltas y era como si estuviese soltando
un aullido agudo y prolongado. Las gaviotas seguían vo-
lando, pero nadie reparaba en ellas. Los voluntarios de
la Cruz Roja subían la camilla cargada con un bulto pequeño cubierto con una sábana blanca. Rodean la ambulancia con caras serias hombres, mujeres y muchos
niños. Más atrás del corro de gente lloran dos niñas sen-
tadas en un montón de cajas de pescado. El día sigue
siendo soleado, aunque corre un viento frío que barre el
muelle. Pero nadie presta atención al viento, todos
miran callados para la ambulancia.

El maestro habla preocupado con los mozos de la Cruz Roja.

—Yo no puedo acompañarlos. Si pudiera iría con el niño, pero tengo que quedarme con éstos —señala a los chiquillos silenciosos y de caras asustadas.

El Pájaro se acerca muy serio con la bolsa de plástico que dice «Calzados Paqui. Becerreá» y la deja dentro de la ambulancia, al lado de la camilla.

Un mozo de la Cruz Roja coge la bolsa de plástico y se la devuelve al niño.

—Quédate tú con ella, que a él, ahora, ya no le hace falta.

—Es la merienda —dice el maestro al de la Cruz Roja.

Uno de los mozos cierra una puerta de golpe. De un lado de la camilla cae un bracito asomando la manga de un jersey verde mojado y una manita. El mozo cierra la otra puerta y se va para el asiento del copiloto.

La furgoneta rompe a aullar y los niños y la gente se apartan. Arranca y se va por la cuesta que lleva del muelle a las casas. Todos miran en esa dirección. El Pájaro con los ojos muy abiertos está comiendo un bocadillo de chorizo que ha sacado de la bolsa de plástico.

—¡Ay, Parajito, Dios mío! ¿No podías tú vigilar a tu amigo, Señor? Siempre estáis juntos, y hoy, precisamente... En un momento en que pierdo a uno de vista.

—Yo me paré con los otros a mirar cómo cosía una señora.

—¿Qué estás haciendo, desgraciado? Le estás comiendo el bocadillo al pobre difunto. Desgraciado. Toma, carajo, toma.

Una mujer coge al niño y lo aprieta contra su cuerpo, dándole las espaldas al maestro.

—No le pegue, pobrecillo, no le pegue. Tranquilícese y no le pegue. Ya bastante desgracia hay. El pobrecillo ése ya va allá.

El maestro saca un pañuelo, se lo pasa por la cara y se frota los ojos con él. El Pájaro se suelta de la mujer y se coge a la chaqueta del maestro.

—Él quería ver el mar —dice el niño con rabia.

El maestro le pone una mano en la cabeza al niño, que llora agarrado a él mirando al mar.

—¡Qué desgracia tan grande! ¡Quién me mandó a mí traeros a ver el mar! Tanta ilusión...

Los niños forman corro alrededor del maestro y del otro niño. La pequeña Vanesa se acerca a mirar cómo llora el Pájaro, se le contrae la cara y se pone ella también a llorar bajito.

—No os pongáis tristes, chicos, que vuestro compañero está ya en el cielo —dice una de las mujeres, llorando—. Allí estará esperando por él el que todo lo ve.

¿QUÉ?

−¿Qué?
−No sé.
−¿Qué?
−No sé. Yo de eso no entiendo.
−¿Qué?
−Qué quieres que te diga. Ya te digo que yo de eso no entiendo, no es lo mío. Si me preguntaras cómo se ordeña una cabra o por la estructura molecular del tungsteno o por la importancia de la música de cámara en el conjunto de la obra de Brahms o por el amor como perversión del deseo o por las alteraciones que produce el uso de abonos químicos en un suelo ácido o

cómo quitar una mancha de tinta en una camisa de algodón o por el voyeurismo enfermizo del lector o por la erosión del viento y el agua en las piedras graníticas y la del tiempo en los neuróticos o por el orden y el caos, la estructura y la ausencia en la obra literaria o por cómo tirar de una carretilla con el mínimo desgaste de energías o...

(De *Filosofías crueles*, de A. RODRÍGUEZ CELEIRO)

MADRUGAR

Qué sueño. La claridad entra por las rendijas de la persiana. Visillos. Acababa de despertarse. Tapó algo la cara, qué frío fuera, y se encogió toda. Tocó con los pies un bulto, unas piernas. Había alguien en la cama, había alguien con ella en aquella cama. Separó los pies con cuidado, despacito. Se quedó inmóvil. ¿Dónde estaba? Acababa de despertarse, había dormido allí por la noche. Ahora entraba allí la claridad de la mañana. ¿Y quién estaba a su lado? Siguió inmóvil. Tenía que salir de allí. Fue sacando primero los pies, lentamente, sin hacer ruido. Había unas zapatillas encarnadas en una alfombra estampada de flores, se las puso. Notó sus pechos, grandes y caídos, dentro del camisón. En la mesita de noche había un despertador, una revista de crucigramas y una lámpara tipo quinqué. Se dio la vuelta y miró el bulto en la cama. Era un hombre. Algo calvo. Y gordo. Asomaba una mano ancha y peluda. Buscó la puerta, estaba al otro lado de la habitación. Pasó por delante del espejo de un armario, entrevió su imagen, gorda y con el pelo rubio de peluquería, volvió atrás y se paró delante. ¿Cuántos años tendría? Cincuenta y pico. Cincuenta y siete o cincuenta y ocho. Tenía arrugas bajo los ojos y en los bordes de la boca. Reflejado detrás de ella estaba el bulto del hombre en la cama. Salió sin hacer ruido y cerró la puerta con cuidado.

Un corredor oscuro, había una puerta abierta de la que salía la claridad gris del amanecer. Caminó despacio. Era una cocina. Una ventana con cortinas de plástico semitransparente filtraba la luz de un patio de luces. Era una cocina pequeña. También la habitación. Debía de ser pequeño todo el piso. Ésa debía de ser su casa. Ella era la mujer de la casa. Y el gordo debía de ser su marido. ¿La querría? Quién sabe. Quizá tenían hijos. Encendió la luz. Había un frigorífico pequeño a la derecha. Lo abrió. Un par de zancos de pollo en un platito. Tomates, verdura, un pote pequeño con leche. El desayuno. Tendría que preparar el desayuno. ¿Dónde estaría el café? ¿O tomarían Cola-Cao? Pronto sonaría el despertador. ¿Para qué hora estaría puesto? Cerró el frigorífico sin hacer ruido, y con pasitos leves fue a la habitación, entró, el gordo seguía durmiendo. Se acercó a la mesita, cogió el despertador y lo acercó a la luz que pasaba por la persiana. Eran las ocho menos unos minutos, y el reloj estaba puesto para las ocho. Posó el despertador sin hacer ruido y salió ligera. Volvió a la cocina. ¿Dónde estarían las cerillas?

MAMÁ

Acabo de despertar en la madrugada por la humedad que siento en las piernas. Acabo de despertar y tengo los ojos muy abiertos porque sé que ya lo hice, lo he hecho otra vez. Ya sabía que iba a volver a pasarme. No quiero mearme, y siempre meo y escurro la vejiga antes de acostarme porque si luego no tengo pis no me mearé. Pero no hay manera, me meo igual. Ahora tengo los ojos muy abiertos porque noto la humedad y no sé qué hacer. Si me hubiera despertado cuando estaba empezando a salir el pis, a lo mejor me daba tiempo, apretaba el pito y salía corriendo al váter. Pero siempre me despierto cuando ya me he meado. Ahora tengo miedo, por eso estoy inmóvil y con los ojos muy abiertos, porque tengo miedo de que se entere mamá. Ya me lo ha advertido muchas veces. Te tengo muy avisado, ya eres muy grande para mearte en la cama. No debe de ser cierto, pero me lo dijo muy seria. Que me lo cortaba. No debe de ser cierto, sin embargo tengo miedo y estoy con los ojos muy abiertos y ahora cojo el pito húmedo con la mano. Me lo dijo muy seria. A lo mejor, en vez de cortármelo llama al capador o se lo dice a tío Adolfo, que es carnicero y tiene cuchillos muy grandes. Siempre que me despierto tengo mucho frío por la noche, a lo mejor me meo por eso. Qué mala suerte tengo, mamá me insulta y se ríe de mí. Sigo inmóvil con los ojos muy abiertos pensando en cosas tristes, porque estoy triste y tengo ganas de llorar y además tengo miedo. Y ahora veo una poca claridad, han encendido la luz del pasillo. Me doy la vuelta despacito, la claridad entra por debajo de la puerta. Ahora se abre y veo la figura de mamá, viene hacia mí. Viene sonriendo. Ahora mete la mano en el bolsillo de la bata y saca unas tijeras grandes que hacen clic, clic. Me sonríe y me dice: «Ya te había avisado.» Clic, clic. Qué mala suerte tengo.

CONDUCTOR

Atravesar ciudades despiertas o dormidas, bad cities, unas veces de día y otras veces de noche, all day and all of the night, cansar carreteras llenas de sol y automóviles, running, always running, cruzar gente, too many people, y más gente, pero nada, no parar ni here ni there ni everywhere, ni tampoco nowhere, porque eres un pájaro solitario, black bird, no encuentras, sólo buscas, qué carajo buscas, what do you carajo search? y tienes la mirada ancha y ninguna persona, no people, y quieres que alguien te escriba, tú no tienes tiempo de parar y yo escribo esa película.

MEMORIA Y SUEÑO

Y a Peter Pan ¿qué? A Peter Pan, hostias. Un par de hostias bien metidas le metía yo al Peter Pan ése del carajo. ¿Ése qué carajo quiere? ¿Qué hostia quiere ese mamón? ¿De qué irá ese capullo? ¿Es bobo o come mierda? Mono. A ése no lo aguanto, es que no lo aguanto. Mira que me cae mal el fulano ése. Si por mí fuera lo mandaba en un barco al Gran Sol definitivamente. Porque, a ver, ¿cómo se puede querer ser niño para siempre? A mí, que me venga alguien que me lo explique y le parto la cara. Yo no soy violento, pero es que hay cosas... Mira, si yo mandase, pero mandar, mandar. Quiero decir, no mandar en el mundo, yo digo mandar en la vida. Pues si yo mandase en la vida, lo primero que hacía era prohibir la infancia. Así mismo. Y luego también abolía la adolescencia, como hizo Abraham Lincoln con la esclavitud, que fue un presidente americano que tenía barba y sombrero y que después le metieron un tiro como hacen siempre los americanos. La adolescencia viene a ser cuando ya no eres un niño pero no has llegado aún a adúltero. Pues así se acababa con tanto sufrimiento como hay. Por ejemplo, todos esos asesinos y psicópatas que hay por la vida alante, que seguro que les viene todo de un trauma que les pasó. Porque si te pasa un trauma eso siempre repercute, ¿no sabes? Positivamente, un trauma es lo peor. Junto con la frustración. Una frustración también es mala. Varía según el tamaño de la frustración, pero, en sí, ya es mala. Y si se juntan el trauma y la frustración, entonces eso ya es lo peor, lo peorísimo. Y la infancia de las personas está llena de traumas y de frustraciones. Puedes creérmelo, que fui niño muchos años. Además, yo cavilo mucho en estas cosas, me paso el día dándoles vueltas a las cosas, y con estas cosas pasa como con los lápices y los afilalápices, que cuantas más vueltas les das más punta les sacas. Y pienso mucho en los niños. Porque yo pienso mucho en la vida, eh. Y si piensas en la vida, pero cavilando hasta el fondo, profundando, como decía el otro, o si cavilas con cuidado y vas a donde debes ir, pues llegas a conclusiones. Pero para llegar a conclusiones hay que ir hasta la base, hasta la raíz de las cosas, coger las cosas por donde le duele, y entonces hay que ir a la infancia. Hay que ir a los niños que éramos nosotros entonces, que eso es muy, pero que muy, importante. Y mirar por aquellos niños y decir: ¿y aquel niño, qué?, ¿dónde está...? Y averiguar qué pasó, dónde está el niño. O la niña, en el suponer de que seas mujer, que las mujeres son más de la mitad del mundo, sin contar los chinos. Pues hay que averiguarlo, porque si había un niño o una niña y ya no lo hay, eso quiere decir que ese niño o esa niña murieron.

¿Me sigues? Pues si murieron, a ver de qué murieron. O, si cuadra, quién lo mató. Esas cosas hay que saberlas, porque si no sabes esas cosas, entonces ¿qué carajo sabes? Averiguar, eso es importante, sobre todo en el caso de que hubiera un crimen, o asesinato, en el caso de que no fuera por enfermedad. El caso más triste es cuando haces tus pesquisas y tal y descubres que fuiste tú el culpable. Que mataste tú al niño que había y que ya no hay. Uy, ese caso es el peor. Ése es un trauma y una frustración muy fuerte. Positivamente. Porque ese crimen no tiene cura. Suplantar al niño que fue, eso lo hacemos todos, quien más quien menos, lo tengo muy cavilado. Pero suplantarlo mediante asesinato, uy, eso es un delito mayor. Ese delito no tiene cura. Ése tiene que cargar con el cadáver del niño o de la niña a perpetuidad, ése tiene condena perpetua. No lo quisiera yo. La infancia es una vida muy puta, los niños siempre acaban por morir. La infancia tendría que estar prohibida, te lo digo yo, que pareceré tonto, pero que no tengo un pelo de tonto. Claro que también ya me va faltando algo, que voy para calvo. Los años pasan corriendo, corriendo, que meten miedo. Yo antes tenía mucho más pelo, le eché un producto contra la caída del pelo pero ni pa Cristo. Aún me acuerdo cuando andaba por ahí de pantalón corto y ahora ya noto cómo me voy encogiendo y cómo me falta el pelo. Los años atacan a traición. Tú no te vas dando cuenta de nada, andas atento a otras cosas, trabajando y enredando por ahí. O como yo, que paso el día cavilando y dándole vueltas a las cosas. Pero, mientras tanto, por detrás, los años van pasando, te van gastando, te van encogiendo las articulaciones y los huesos. Seguramente también son los años los que matan a los niños. Lo más seguro. El tiempo es la trampa más grande del Sacamantecas. O puede que sean la misma cosa. Con todo, lo más triste son los niños que mueren antes. Antes de que les llegue el tiempo quiero decir. Antes de que mueran por los años. Me refiero a los que mueren por una enfermedad, o atropellados, o de hambre. O asesinados. Eso es lo más triste. Es tan triste, tan triste, que se me retuerce el corazón y hace que me duela. Como si se me desgarrara. No quiero ni pensar en ese dolor, porque sufro de pensarlo. De eso ni me hables. Y digo yo para mí a veces, ¿a dónde irán a parar esos niños que mueren? Irán al País de los Niños Muertos, digo yo. Que no creo que estén con las otras ánimas. Digo yo que irán a un lugar especial. Y cuando pienso en el País de los Niños Muertos me entra mucha pena. Debe de hacer mucho frío allá. Esas cosas es mejor no pensar en ellas, porque si uno piensa en ellas... Mejor no pensarlo. A veces, de noche, sueño. Uno sueña aunque no quiera, es lo malo, que la cabeza hace cosas sin pedirte permiso. Y sueño que voy al País de los Niños Muertos. Y yo voy andando por una carretera asfaltada estrecha y a los lados, parados, hay niños muertos, con los ojos muy abiertos mirándome, viéndome pasar. Hay otros caminando a un lado y a otro por barrizales y por sembrados, pero siempre al verme pasar me clavan aquellos ojos suyos tan abiertos. Y yo tengo miedo, no vayas a creer, porque hay que tenerlo, porque los veo tan ateridos de frío que yo sé que si pudieran me matarían para abrirme y sacarme el calor que llevo dentro. Dan pena pero también hay que tenerles miedo. Y yo sigo y sigo, por ver si salgo de una vez de aquel país. Y cuando despierto de este sueño, no veas tú cómo respiro. Otras veces sueño con una casa que está en medio de un bosque y que tiene una galería, y allí asoman caritas de niños llenas de frío y de miedo. Y tengo miedo. Yo soy de la idea de que, al final, vamos todos a ser pasto del Sacamantecas. Cuando muramos, yo creo que el castigo va a ser el ver cómo nos abre y saca para fuera el cadáver del niño que fuimos de pequeños y que llevamos dentro y luego lo devora. Va a ser un sufrimiento terrible, más que sentir cómo te devoran el corazón. Eso lo he soñado yo y pienso que es verdad, pero para qué voy a contar si, total, se ríen de mí. No, yo a los niños los quiero mucho, pero les tengo como algo de miedo. Debe de ser que veo en ellos que están condenados a morir. De una manera o de otra. La vida es una putada de carajo. Ya me gustaría conocer un día a Dios para meterle unas hostias. Bien dadas, se las iba a dar bien dadas. Puede que también yo piense demasiado las cosas. Ésa es mi desgracia, pensar tanto las cosas. En cambio, hay gente que pasa por la vida como si nada. Yo no sé si son tontos o qué. Yo más bien pienso que qué. Más bien pienso que hacen como que son tontos, como si no se enteraran de lo puta que es la vida. Como mi tía Socorrito. Se casó con mi tío Manolo, que era muy paradito él. Y tuvieron hijos y todo eso, y se casaron los hijos y luego murió mi tío. Y resulta que fueron un matrimonio de lo más formal, que ni ella ni mi tío anduvieron nada por ahí con otros, mi tío era muy paradito, y él, nada. A él lo que le gustaba era trabajar, parecía catalán, que dicen que también les gustan más los negocios que las mujeres. Pero mi tío tampoco tenía ánimo para los negocios, él sólo trabajaba como un burro, que lo traen y lo llevan. En eso más bien era gallego. Y el caso es que ahora murió mi tío Manolo y va mi tía y aún no hizo el año y ya anda liada con uno que era amigo de mi tío que está casado. Pero vamos a ver, ¿es normal eso en una fulana que nunca anduvo con nadie en treinta y cinco años de casada? ¿Es normal eso? Que conste que yo no le critico a mi tía Socorrito que ande con nadie. Somos personas adúlteras y sabemos lo que hacemos, mi tío ya va allá y no le duele y ella así mata el bicho, que todas las bocas tienen que comer. Pero, digo yo, si una mujer de casi sesenta años se lía con otro antes de un año de enviudar, ¿cómo es que no se enredó antes con otros? Porque eso se sabe positivamente que no ocurrió. La tipa esa, con lo parado que era mi tío Manolo, que seguro que no le atacaba nada, él sólo tenía mentes para el trabajo, oyes, la tipa ésa si aguantó tanto tiempo es que era una artista. Ella yendo a misa, a novenas, a funerales, etcétera. A todas esas cosas. Y en cuanto el pitisús empieza a picarle, hala. Tuvo que estar haciendo teatro durante todo ese tiempo. Esa mujer es una artista, una actriz. Desde que me contó mi cuñado Paco que anda liada, le tengo más respeto. Y parecía una monja, hay que ver, con las personas nunca se sabe. O casi nunca. También es que las mujeres de este país son de carajo. La mujer de aquí es mucha mujer. Positivamente. Eso está demostrado científicamente. Y no parará esta lluvia. Quién me diera estar ahora mismo en la Amazonia. O en los mares del Sur. Ir en un barco por los mares del Sur. Atravesando los océanos. Y saber que tienes un amor que te espera en cada puerto. Y tu casa. Eso es muy bonito. Como Ulises, un rey griego, que pasó las mil y una para llegar a casa. Ésa es una aventura bonita. Lo que pasa es que uno nunca sabe. Puede que te veas en un barco haciendo cuentas de que cuando vuelvas tal y cual y, después, hostias. El tiempo no pasa en balde. El tiempo lo mata todo. Nos mata a todos. Mejor que embarcar haciendo mentes de volver es montar en un auto y marcharte para siempre. Pero sin parar. Sin parar a hablar con nadie, atravesando países en los que sabes que eres extranjero, que eres extraño para la gente, que nadie te conoce. Y siempre así. Desaparecer por el mundo adelante. Como si se muriera uno. Había una película así en la que un fulano andaba siempre en el coche de aquí para allá. Lo que pasa es que a mí no me gusta viajar y por eso me estoy quieto. Además, no sé conducir. Pero a veces me entran ganas. Me pondría unas gafas negras para que nadie me viese los ojos, para que nadie me conociera y conduciría y conduciría. Así años y años. Para siempre. Lo que hay que tener es mucho cuidado para no atropellar niños, ni perros, que se tiran mucho a la calzada.

OTRA VEZ

Otra vez. Otra vez no, por favor. Ya era la tercera vez en cinco días que le ocurría, salir del ascensor y encontrar un portal distinto cada vez. Éste era oscuro, el típico felpudo que iba de la entrada del ascensor bajando dos escalones hasta la puerta. La típica jardinera con plantas de plástico a un lado. Miró los buzones. Allí estaba un buzón con su nombre; ése no era su buzón. A ver si había correspondencia. No había nada. Mecagontal, le dio un pequeño golpe con la mano. Era para cabrearse. Que el portal de tu casa cambie constantemente; a algunos constructores habría que fusilarlos.

Caminó sobre el felpudo. Abrió la puerta y salió a la

calle. Lo terrible es que hasta ahora siempre lo había encontrado cambiado cuando salía del piso, pero cualquier día podría cambiar estando él fuera y puede que luego no supiera dar con la casa. ¿Habría cambiado también la fachada del edificio? ¿Y el número? Volvió ligero atrás. 78. No. Claro, el número no podía cambiar, ¿cómo le iba a llegar si no la correspondencia? Claro que últimamente le estaba llegando muy poca correspondencia. Vete a saber, puede que también cambie el número.

¿Y qué dirían los otros vecinos de los cambios? Vete a saber. En aquel edificio nunca acababa uno de conocer a los vecinos, uno siempre veía caras nuevas. Debía de ser gente que alquilaba el piso por una temporada o por meses. Unos venían y otros iban, siempre caras nuevas. A lo mejor ni se enteraban. ¿Llevaba la cartera? Se palpó el bolsillo de la chaqueta. Sí. Menos mal, si se quedaba en la calle sin poder entrar, al menos que no perdiera los carnés. Nunca se sabía, igual no ocurría nunca, pero si ocurría no quería quedarse en la calle sin los papeles. Sin carné, cómo probar uno que es quien dice que es. ¿Quién le cree a uno si no lleva carné? Palpó el bulto de la cartera en la chaqueta. Miró la hora, aceleró el paso, ya era algo tarde.

ARMONÍA
(NOVELA LARGA ABREVIADA)

Socorro conoció a Manolo en un baile del barrio, por la Ascensión. Él no era del barrio, había venido con una cuadrilla en la que había algunos de por allí, estaba Monchito el pastelero y algún otro. La sacó a bailar muy educado, «¿baila usté?», le había dicho, y luego hablaron mientras bailaban, él se llamaba Manolo, pues ella Socorro. Era un poco más bajito que ella. Que si ella trabajaba en una peluquería, «ay, pues las peluqueras son todas unas presumidas», se rió él. Bailaba muy bien y cuando se reía ganaba mucho. Le faltaba un diente de un lado, el que luego se puso de oro. Terminó la pieza y se despidieron; cada uno se fue a su grupo. El caso es que la sacó a bailar otra pieza y siguieron hablando; se veía que él era educado, y algo apocado, así como tímido. Le contó que trabajaba en un banco, de ordenanza. Confiaba en ascender en un año, se veía que era verdad, parecía formal. Quedaron en verse para de allí a ocho días en el baile del cine Radio, que había cerrado y era ahora sala de fiestas. Así empezó todo. Luego la cosa fue yendo, fue yendo hasta que decidieron casarse. Ella dejó la peluquería, había sido una época bonita aquélla, cuando trabajaba, hacían una pandilla muy bien llevada todas las compañeras. Cómo lloraron todas el día en que ella se fue. Pero son así las cosas, el casado casa quiere, y la casa hay que atenderla. Para entonces ya Manolo era oficial en el banco y cogió unas contabilidades para llevarlas por las tardes, así que no tuvieron problema para coger en alquiler un pisito que encontraron en El Rosario.

La boda, ya se sabe, fue con mucha gente y hubo mucho barullo. Aquel día estaba muy nerviosa. Lo de casarse le había hecho siempre mucha ilusión, pero si algo la echaba para atrás era la noche de bodas. Estar, estaba nerviosa, aunque ya había hablado con Puri, que entonces ya llevaba dos años de casada. Ella nunca había querido hacerlo antes y ahora tenía algo de miedo. Manolo le había hablado una vez así algo de hacerlo, pero ella había dejado bien claro que, hasta casarse, ni catarlo. El caso es que no fue nada del otro mundo, apenas le dolió. Era largo y duro, que parecía mentira que se les pusiera así, y se lo fue metiendo poco a poco, fue muy considerado. A él se veía que le gustaba, ya debía de haberlo hecho más veces, aunque ella no se lo preguntó, le dolía algo cuando la metía hasta atrás, pero no se quejó, las primeras veces, ya se sabe, hay que aguantar. Él, cuando acabó, le preguntó si le había gustado, y ella dijo que sí. Estuvieron hablando un rato de si querían niño o niña, y luego él le dijo que si repetían y ella dijo que bueno.

Luego vino Manolito y fue cuando compraron el piso, que hubo que pagarlo, y años y trabajos que les costó, pero bien valió la pena, que por este piso que costó entonces medio millón bien pagarían hoy diez millones. Además que hay diferencia de vivir allí en aquel barrio a vivir aquí en pleno centro, que hay mucha diferencia, que parece otra vida. Cambia mucho. Que sí, mudarse de piso fue lo mejor que hicieron en su vida. Y fue porque se le metió a ella en la cabeza, que si es por Manolo seguían aún en El Rosario pagando alquiler al viejo Matías. Ay, no, Manolo nunca había tenido un arranque ni disposición, si no fuera por ella que siempre había tenido más ambición... Parecía un poco más espabilado de soltero. Eso sí, siempre había sido muy buen marido, nunca le tiró la taberna ni el juego ni mujeres ni nada. Y como padre podían estar contentos los hijos que ni a Manolito ni a Anita les levantó nunca la mano. Y cariñoso, siempre fue muy cariñoso con ellos, si acaso algo bueno de más, que, a veces, hacía falta un padre que dijera algo o les arreara algún azote. No, genio nunca había tenido mucho. Y a veces hace falta, que si no queda uno por burro. Si no fuera por ella, que siempre le estuvo detrás, no asciende en la vida. Que Alfonso era muy amigo, pero si no fuera porque ella lo espabiló, le come el ascenso, que le tocaba a Manolo por antigüedad, pero si se queda parado se lo comía Alfonso o cualquier otro, que, camarón que se duerme... Así había sido siempre Manolo, algo parado para las cosas. Alfonso, en cambio, qué distinto era. O el mismo Pereira. A Alfonso se le veía que era un gamberro, nunca sería un buen marido. Pero era divertido. Un día fueron a la playa todos, Manolo, ella, Alfonso y Fina. Dejaron a los niños con los abuelos y fueron los dos matrimonios en el seiscientos blanco que tenían entonces. Qué bien lo pasaron aquel día, comieron una ensaladilla que había hecho ella y una empanada que hizo Fina. Ella llevó el bañador encarnado, que le quedaba muy bien, aún tenía muy buen tipo, le quedaron los pechos grandes desde Anita y no había hombre que pasara junto a ella y no la repasara con la vista. Y Alfonso la miraba a base de bien, que a ella hasta le daba algo de apuro, no por Manolo, que ni se enteraba, pero por Fina, que eran muy amigas. Y bebieron todos, que estaban todos algo contentos, y Alfonso que hacía como que se echaba encima de Fina y se veía por debajo del bañador que se le ponía tiesa, y qué grande debía de tenerla. Fina se reía y le llamaba burro, quita de ahí, y Alfonso se reía. Qué bruto era. Desde luego, educación no tenía. Ni sentido. Qué bien lo pasaron aquel día. Había sido una época bonita, cuando los niños aún eran pequeños. Los dejaban con los abuelos y no había semana que no fueran una o dos veces al cine.

Luego, los niños fueron creciendo. Anita ya acababa la carrera ese año. Qué pronto la hacían vieja a una. Parecía que aún acababa Manolito de ponerse los pantalones largos y ya vino con una novia. Qué cosas, cómo pasaban los años, a la que te das cuenta ya un hijo acaba la carrera y se casa. Cómo pasaban los años. Rosi era una buena nuera, un poquito presumida, pero hoy todas las mujeres son así, que todas tienen tiempo para ir a la peluquería y, si cuadra, la casa vete tú a saber cómo la tienen. Rosi no. Rosi siempre había tenido la casa muy arregladita. Y vinieron los niños, primero Patricia y luego Rafael. Qué lindos los dos. Patricia era idéntica a su padre cuando era pequeña. En cambio, Rafael tiraba más a la familia de la madre. Tiene una hijos y, sin darse cuenta, ya tienes nietos. Cómo pasa la vida.

El que no se acostumbraba nada era Manolo. Desde que lo jubilaron no había manera de echarlo de casa, todo el día viendo la tele. Como de joven no se había acostumbrado a la vida de bar, pues ahora se pasaba la vida metido en casa. Ella le decía siempre que saliera a dar una vuelta al bar o al club de jubilados. «Anda, hombre, llama a Pereira y vete con él al fútbol», pero nada. Aunque sólo fuera por sacarlo de en medio y que no molestara a la hora de limpiar la casa, pero no había manera. A veces salían a pasear los dos o iban al cine. Por ir, porque ella prefería ver las películas de la tele, que en el cine se le quedaban los pies helados. El otro día encontraron a Fina, venía de misa de seis. Pobre. También ella debe de aburrirse lo suyo desde que se le murió Alfonso. Pobre hombre, era joven aún cuando murió. Y estaba muy bien conservado. Murió de un cáncer de pulmón, pero es que Alfonso siempre había fumado mucho. Hacía ya seis o siete años. Cómo pasaba la vida. Ella no se podía quejar. Tenía los hijos crecidos. Anita acababa de sacar la oposición, y en su matrimonio siempre había habido mucha armonía entre los dos.

PICA EL DEDO

Había nubes en el cielo, y bien negras, pero ahora había un clarito y eso ayudaba a viajar. En días claros hasta le gustaba conducir allí subido en el asiento del conductor, pilotando el bólido, devorando la carretera.

Conducía distraído mientras hurgaba en la nariz con el meñique, al que le faltaba la punta, una falange. Le faltaba hacía años pero desde hacía unos días volvía a notar una pequeña molestia en el dedo. No era dolor, era más bien como si lo tuviera más sensible. Como si la falta fuera más reciente. Lo sacó, lo miró y lo sacudió contra el pulgar. Cambió de marcha.

Y pensar que antes él, de chico, se mareaba en autobús. Lo que son las cosas. Y ahora venía de hacer, como todos los días, todas las curvas de Muros a Noia sin pensarlo siquiera. Y antes aún había más curvas, que ahora mejoraron muchísimo la carretera. Si estuviera así hace años, cuando empezó a ir en aquel cacharro.

¿Cuántos años llevaba en el «Castromil»? Para marzo haría treinta y dos años. No, treinta y tres. Treinta y tres años en la empresa. Y cuarenta conduciendo. Primero camiones y después castromiles. Había sacado el carnet en la mili y luego venga a conducir. Atravesaban ya Barquiña, a la entrada de Noia. «Estamos llegando, señores.» Ya los pasajeros empiezan a removerse en los asientos. La alameda barrida de gente por el frío de la mañana. Una mujer con abrigo gris y una bolsa de plástico verde espera asomada a la puerta del Café La Terraza. Al ver el bus entra para dentro. A avisar. Torció a la derecha, arrimó el autobús despacio y lo paró.

Abrió las puertas y apagó el motor. Se hizo un silencio que él agradecía cada día más.

—¡Hemos llegado! Vamos a tomar un café.

La gente se levantó y empezó a hablar en voz alta. Sacó un trapo de debajo de la radio y lo empezó a pasar por el volante. De joven, y de no tan joven, le gustaba oír el ruido del motor. Ahora ni siquiera le gustaba el runrún de un coche nuevo. Se ve que se iba haciendo viejo de un tiempo acá. Guardó el trapo debajo de la radio.

—Hoy hemos llegado temprano —dijo un viejo de gabardina que había subido en Esteiro y que ahora bajaba los escalones con cuidado.

Era cierto, los lunes por la mañana casi no había tráfico. Bajó por la puerta del conductor. Le costaba trabajo mover las piernas después de estar sentado conduciendo. Se encogió y frotó las manos con fuerza para espantar el frío. El aliento formaba una nubecilla delante de él. Abrió el maletero lateral. Un mozo vestido de marinero recogió el petate.

—A disfrutar del permiso, muchacho.

—Lo que me dejen.

Cerró el maletero. Fue hacia el bar.

El del bar, un hombre flaco de unos cincuenta años, con patillas y pelo gris mojado y peinado hacia atrás, estaba barriendo por dentro del mostrador. Dejó la escoba arrimada a la cafetera y sirvió un coñac al marinero. Una mujer de luto y una niña se sentaron en una mesa. Él se arrimó al mostrador.

El del bar le trajo un café y le echó delante de él unas gotas de una botella de coñac. Él puso unas monedas al lado del café. El del bar las cogió.

—¿Qué pasa, Antonio? Vienes distraído que ni hablas.

Él sonrió algo.

—Nada. Estaba pensando.

—Ah, entonces piensas...

El del bar miró para la mujer de la mesa y le preguntó desde el mostrador:

—¿Qué les pongo?

—Un café con leche y un vasito de leche.

Se puso a prepararlo en la cafetera.

—¿Sabes qué pensaba? —le dijo al otro, que estaba de espaldas manejando la cafetera.

—Cualquier cosa. Yo, a veces, también pienso. Y pienso cada cosa...

—Pues pensaba en los años que llevo conduciendo el coche de línea.

El del bar posó el café y el vaso de leche en el mostrador, salió fuera, pasó por detrás de él mientras soplaba el café caliente, y recogió las bebidas humeantes. Las llevó andando despacio hasta la mesa de la mujer y de la niña.

—Mire que es para la niña. ¿No tendría un vaso más

pequeño? Yo le dije un vasito. —La niña miraba para una y para el otro.

Él bebió el café que quedaba y sacó de los bolsillos de la chaqueta un bolígrafo plateado y un bloc pequeño. Fue pasando hojas escritas con cara de concentración y empezó a escribir en el bloc.

El del bar volvió para dentro del mostrador.

—Diez mil —dijo él con un suspiro.

—Diez mil ¿qué? —dijo el del bar.

—Diez mil castromiles. Acabo de multiplicar los años que llevo en la empresa por el número de viajes al año. Son diez mil más o menos. Miles de castromiles.

—Manda carajo. —El del bar está parado mirando para él apoyado en el rabo de la escoba—. Diez mil viajes. Si lo haces todo seguido llegas a Australia. Y treinta y tres años.

—La edad de Cristo. —Da un golpe con la palma de la mano en el mostrador—. Me voy, que ya es hora.

—Manda carajo. Mira que has viajado. Treinta y tres años —dice aún el del bar.

—Si fueran millones... —dice saliendo por la puerta.

—Venga, que arreamos.

Cerró la puerta y se acomodó en el asiento. Hoy había pocos viajeros, el coche iba casi vacío. Cosa rara para un lunes a primera hora. Ahora el cielo estaba muy gris, si no llovía por el camino, llovía en Santiago.

Suben la mujer de luto y la niña y se sientan en los asientos de delante, al lado de la puerta.

—Abróchense los cinturones y prepárense para despegar. Rumbo a Santiago —dice en voz baja, y le guiña el ojo a la niña.

Encendió el motor y le dio un pequeño acelerón.

—Espere, que viene un chico ahí —dice una voz de hombre desde atrás.

Le dio un pequeño escalofrío y se quedó inmóvil en

el asiento. Aquella voz era la de su padre. Pero no podía ser. Había muerto ya, y hacía un montón de años. Se lo había parecido, pero no. Sería un viejo cualquiera.

Sube ligero un muchacho delgado con bigote recortado y pelo muy corto. Lo reconoció inmediatamente y con una certidumbre absoluta. Era él mismo cuando tenía veinte o veintipocos años. Le muestra el billete con la mano derecha y lleva el meñique envuelto en una venda. Él está estupefacto, no puede hablar, mirando para aquel joven con cara de muchacho que no da disimulado el bigote. Mirando para aquel joven allí de pie que le enseña un papel y que va vestido con una americana marrón que había comprado en la feria y que le había durado hasta que se casó, a los treinta y dos años, y con un pantalón negro que le había hecho su madre. Ropa holgada, de hechura antigua. Su propia ropa. Él mismo.

—Pase y siéntese —consigue decir al fin. El hombre que era él mismo cuando tenía veinte años pasó atrás y se sentó en algún asiento.

Él sabía muy bien dónde se había sentado. Junto al viejo que acababa de toser, junto a su padre. Aquella tos de día y también por la noche que se oía en toda la casa y no le dejaba dormir. Despierto por la noche oyéndolo toser y carraspear. Recordaba aquel viaje a Santiago, su padre lo había acompañado al médico, no fuese que perdiera el dedo. Él no quería que lo acompañara, él ya era un mozo libre de quintas y se sabía gobernar para ir al médico a que le viese el dedo. Pero el padre se había empeñado en ir. En aquella casa quien mandaba era él. Era él quien mandaba, y nadie más. Volvió a sentir allá aquella tos de fumador que tan bien conocía él.

—No falta nadie —le avisó la mujer que viajaba con la niña.

—¡Ah, ya! —reaccionó lentamente—. Nos vamos. —Y puso el coche en marcha. Miró por el retrovisor dentro del coche buscando entre los asientos desocupados y vio aquel sombrero negro que siempre se ponía cuando iba a Noia o a Santiago. Sabía perfectamente a quién iba a ver si se levantaba e iba hasta allí. Viajaba sentado todo tieso con el sombrero puesto. Y en el lugar del asiento del lado estaba su propia frente, algo menos ancha que ahora y sin arrugas, y el pelo negro peinado hacia atrás. Una mano con un dedo vendado asomó por aquel pelo. Se pasó él una mano por la cabeza y luego miró el meñique al que le faltaba una falange. Metió marcha atrás.

–¡Eh, eh! ¡Para, para! –gritó la gente desde atrás–. ¿A dónde vas? Le has dado a una moto aparcada.

Miró por el retrovisor y vio una moto tirada. De la puerta del bar salió un muchacho y se inclinó para recogerla. No aguardó más y maniobró para salir de allí. Al fin, se puso en la carretera que atravesaba el pueblo, y las casas empezaron a quedar atrás. Iba como mareado, no oía las voces de la gente de dentro del autobús comentando lo de la moto, sólo oía el motor dentro de la cabeza. Un motor furioso que le barría el sentido.

¿QUÉ TE DIJE YO?

¿Qué te dije yo, Irenita? ¿Qué te dije? ¿No te dije que te ibas a manchar el vestido? ¿No te lo dije? ¿No te dije que si te lo ponías hoy lo ibas a manchar? Pues ahora prepárate, que cuando lleguemos a casa vas a llevar una buena. Te voy a calentar bien caliente. Recoña, que ya está bien. ¿Qué te dije yo, eh, qué te dije? No servís más que para darme trabajo. ¿Qué piensas, que vas a poder conmigo? Pues estás muy equivocada, niña. Muy equivocada si crees que vas a hacer lo que te dé la gana, que entre tú y tu padre parece que queréis acabarme con la salú. ¿Qué te dije yo, eh, qué te dije? Ya me tenéis aburrida. Pues ahora te sientas aquí quieta a mi lado. ¡Y

pobre de ti como te muevas! El vestido nuevo... Mira
cómo lo pusiste, que pareces un carbonero, toda sucia.
¿Qué te dije yo, eh, qué te dije? Tan arregladita que te
traía yo y mira cómo te pusiste. Hecha una guarra. Diablo de niña. Recoña.

PERDERSE (DE VISTA)

La neblina va avanzando por la carretera unos veinte metros delante del coche. Se acerca por los lados casi hasta el borde de la carretera, y se ven desvanecidos los primeros árboles del paisaje que se supone está ahí detrás, ahí dentro de la niebla. Arrimar el coche a un lado. Apagarlo, meter una marcha y el freno de mano y salir del coche. Cerrar con llave. Luego tirar las llaves muy lejos contra la niebla. Echar a andar entre la hierba, las piedras y los helechos cara a esa nada húmeda y blanda. Seguir andando, cada vez menos las retamas y los zarzales que nos rozan al pasar. Seguimos andando, más adentro, y ya no vemos nada ante nosotros, sólo sentimos roces en la ropa, y seguimos andando y estamos perdidos en la niebla, y seguimos andando y seguimos andando, así hasta perderse uno. Perderse para siempre, Quizá demos con el País de los Niños Muertos. Quizá.

(Del manual *Prácticas de autolesión*, **VV.AA.**)

ESAS COSAS MEJOR NO HABLARLAS

Conducía de manera automática. En la gasolinera de
la salida del pueblo se cruzó con el coche de línea que
llegaba de Santiago. El conductor pitó y saludó con la
mano pero él no saludó. Ni lo vio. Llevaba la mente
inundada de imágenes y apenas veía la carretera delante de él.

Imágenes de la madre moviéndose en silencio sin
parar por la casa. Siempre haciendo algo, atareada sin ce-
sar pero sin abrir la boca. Como si fuese un ánima del
purgatorio. A veces, cuando no estaba el padre delante
hablaba con él y le decía algo, «¿qué te dice el maestro
en la escuela, Toñito? ¿Vas bien?». «Voy bien», decía él.

«Mira que estudies, no me seas gandul. Cuando vuelvas del servicio te he de ayudar a que te pongas en lo que quieras. Si quieres la tierra, bien, y si quieres otra cosa, también. ¿Has oído, Toñito?» «Sí he oído.» «Pues habla, carajo. ¿O no tienes lengua? Mira que estudies.» Le decía si no tenía lengua, ella que se pasaba días enteros sin abrir la boca, como si fuese un ánima.

A veces hablaba delante del padre, cuando bebía. Él la había visto un par de veces, hablaba en voz alta y le hacía preguntas. «¿Cuándo vas a arar las tierras de Enmedio? ¿Es que no vas a arreglarle nunca la pata a ese banco?» Una vez hasta le perdió el respeto. «Qué, milhombres, ¿es que no vas a retejar nunca? ¿Vas a esperar ahí, rascándote la barriga, hasta que se ponga a llover?» Entonces padre se levantó sin decir nada, cogió la boina del clavo de la puerta y se marchó de casa, por la noche. Cuando se quedaron los dos solos, ella se calló.

A veces, de niño, yendo los dos solos a trabajar en un campo o a recoger la hierba, le contaba cuentos y lo hacía reír con historias de los vecinos. Aquellos días eran su fiesta.

Volvió a sentir la tos del viejo. Miró por el retrovisor interior y allí seguían el sombrero negro y aquella cabeza de pelo peinado. Una junto a la otra, inmóviles. En cambio, su padre siempre había hablado con él. Más bien le hacía preguntas, nunca por cosas de la escuela, y le mandaba hacer cosas. Pero hablaba con él. Siempre le explicaba cómo había que hacer bien una cosa u otra, que si el sulfato, que si cortar bien los ojos de la patata, que si cargar bien el carro... Siempre le estaba hablando, enseñándole cosas. Ahora subía las curvas y las cuestas de San Xusto, el motor rugía, cambió de marcha y le dio al limpiaparabrisas. Se aclaró el vidrio y se vio el tejado nuevo de la vieja iglesia en el fondo del valle, entre árboles. Debía de estar volviéndose loco. Si a un hombre se le aparecen su padre muerto y él mismo cuando tenía veintiún años es porque se está volviendo loco. Ni siquiera lo habían saludado. Pero no, nada, como dos desconocidos allá sentados. ¿Y si le hablaran qué les iba a decir él? Dios mío, mejor que no le hablaran. Esto era por los años. Un hombre va enloqueciendo poco a poco y, si no dice nada, los demás puede que ni lo noten. Él no iba a decir nada. Él callaba como un muerto.

–Ya me parecía a mí que no nos librábamos de la lluvia –le dijo la mujer que viajaba con la niña.

Él la oyó y rezongó algo. El dedo se curaría, había dicho el médico, que lo dejase vendado y que lo untara con una pomada. Y fue verdad que se curó bien. Ya no recordaba ni cómo era el dedo antes de perder la punta. Como el de la otra mano, claro.

Oyó que la mujer le preguntaba a la niña: «¿Te mareas?» La niña le contestó algo en voz baja.

–Si la niña se marea, aquí tengo caramelos –le dijo él.

Abrió con una mano el cajoncito de debajo de la repisa de las monedas y sacó tres caramelos. Tendió la mano hacia atrás. La mujer cogió los caramelos.

–Muchas gracias. Toma, Yasmina, chupa. Mira qué amable es el conductor.

Más le valía gastar dos duros en caramelos y no que le vomitaran en el coche. A ver si se le pasaba. Miró por el espejo. Allí seguían las dos cabezas inmóviles, sin hablarse. No hablaron en todo el día. Él le había echado la culpa de haberse cortado el dedo. Habían reñido los dos, él había salido a la era lleno de furia y empezó a picar leña. Se había cortado la punta de un dedo, que quedó allí en el cepo. Y dejó de responderle cuando le hablaba, dejó de hablar con él. Pero no era así, nadie le había mandado que se pusiera a hacer leña después de reñir con su padre.

Una mujer aguardaba con un paraguas abierto en la

parada de Urdilde. Redujo, paró y abrió la puerta. La mujer estaba cerrando el paraguas.

—Buenos días —dijo la mujer que subió. Adelantó la mano con las monedas y él las cogió. La mujer se sentó detrás de la mujer de luto y la niña.

Allá atrás el viejo tosió, una tos mala. Bien sabía él que era mala. Cerró la puerta y arrancó de nuevo.

La niebla se había convertido ya en una lluvia menuda que el limpiaparabrisas iba barriendo. Era un movimiento hipnótico y triste, una y otra vez. Habían discutido porque el padre quería que se quedara en casa. Él había aprendido a conducir camiones en el servicio militar y quería trabajar en eso. A él le gustaba el campo, la labranza, pero quería trabajar por su cuenta, no quería pasarse todo el día recibiendo órdenes del viejo. Siempre tenían que ser las cosas cuando él quería y como él quería. Aquello tenía que ser así, esto siempre estuvo así y así tiene que estar. Cuando muera yo ya lo harás tú a tu manera. La tos del viejo arrancó otra vez. Esta vez fue más fuerte, venía de allá dentro, y después de una venía otra y cuando ya parecía que no quedaba aire, venía otra aún.

—Caray, qué tos más mala tiene ese señor —dijo la mujer que acompañaba a la niña.

Miró por el retrovisor y vio aquel sombrero inclinado hacia delante y sacudido. Y a su lado aquella cabeza peinada, inmóvil, sin hacer un movimiento hacia el viejo. Oyó el claxon de un coche y dio un golpe de volante, el autobús dio un bandazo. Había estado a punto de echarse encima de un coche que venía en dirección contraria.

—¡Eh! ¡Qué ha sido eso! —dijo una voz de hombre desde atrás.

—Patinó el coche. Es esta llovizna —dijo otra voz de hombre.

—Concho, compañero, que a poco volcamos —le dijo la mujer que había subido en Urdilde.

Conducía agarrando muy fuerte el volante. Vaya susto. Por poco hay una desgracia. Había que curar aquella tos. Pero no, aquel día tenían que ir al médico, él sin hablarle, ni contestarle siquiera. Tenían que mirar lo de su dedo, pero no iba a decirle nada de la tos. Que siempre tosía, y cada vez más. Tenían que volver a casa tarde y él se metería en la cama. Y por la noche, moriría.

Sacó un pañuelo planchado y doblado del bolsillo de atrás y se lo pasó por las narices. Ya estaban entrando en Santiago. Había el tráfico de un día de lluvia. Pararon en la cola de un semáforo.

—¿Nos puede abrir aquí y nos bajamos? —le dijo la mujer de la niña.

Él accionó el botón de apertura de las puertas. Pero no quería que bajaran ellos, tenía que decirles algo. Alguna gente se levantó a toda prisa de los asientos y empezó a bajar por la puerta de atrás y por la de delante. El joven y el viejo también, en silencio. Que le hablase, que se moriría el día siguiente. Que dejase el enfado aquel, que por un día que le quedaba de vida, que muriese en paz.

La mujer con la niña cogida de la mano se paró delante de él y le dijo:

—Muchas gracias por los caramelos. Siempre se marea y hoy fue distraída chupándolos.

—Sí, señora, baje ligera que va a cambiar el semáforo —buscando con la vista entre la gente que había bajado ya y andaba por la acera.

—Dale las gracias a este señor, María Yasmina. Dale las gracias.

—Corra, señora, que ya ha cambiado. Y dígale a aquel señor del sombrero que va con el joven que vaya al médico y que se mire esa tos.

—¿A cuál? —La mujer miraba con cara de desconcierto hacia donde señalaba él—. ¿Dónde? —Empezaron a sonar las bocinas de los coches de detrás.

—A aquél. A aquel que va a doblar la esquina, el del traje y el sombrero. Baje, corra.

La mujer empujó a la niña despacio para que bajara y luego bajó ella, se oían las bocinas. Cuando cerró la puerta la mujer lo miraba con cara de desconcierto.

Arrancó y el autobús casi vacío avanzó silencioso hacia los otros coches que esperaban en un semáforo más allá. No miraría la tos y aquella noche tosería y tosería hasta que le faltase el aire. Cuando su madre fue a llamarlo y él acudió a su cuarto, ya el viejo estaba inmóvil. Y después, nada. Después lo enterrarían y su madre y él no se hablarían. Hasta que, meses después, un día él se fue de casa.

Aquel dedo le estaba molestando cada vez más. Y por la cabeza le pasaban cosas que mejor no contárselas a nadie. Debía de ser que con los años estaba volviéndose loco. Esas cosas, mejor no hablarlas con nadie. Si pudiera pedir la jubilación anticipada. Qué porquería de tráfico en cuanto llueve un poco. No le gustaban los viajes de invierno.

MEMORIA

Este rostro no lo conozco de nada, nunca tuve ningún otro parecido. ¿Cómo era mi cara ayer? Tenía unas
gafas negras. Y el pelo era negro, no era rubio como
éste. Ni rizado. Era liso. Ayer la cara era muy distinta,
más delgada. Y tenía la nariz más grande. Vaya granos,
seguro que me corto al afeitarme. Menos mal que mañana
ya no los tendré. ¿Cuál será mi cara mañana? Me gustaba la que tenía hace dos días, de ojos verdes y soñado-
res, como les gustan a las mujeres. A aquella de rojo que
se me quedó mirando en el parque seguro que lo que le
gustó de mí fue aquella mirada romántica. Si volviese
hoy a pasear por el mismo sitio puede que nos cruzáse-

mos otra vez, pero si me atreviese a hablarle ¿vería en esta cara vulgar y llena de granos los rasgos delicados y los ojos seductores del hombre con quien se cruzó ayer? Todos los días lo mismo. Me gustaría tener una cara para siempre. Una cara para mí solo, que fuese mía. Qué feliz sería si una mañana encontrara otra vez en el espejo aquella cara de los ojos verdes. Eran verdes, pero con pintas castañas. Buscaría a la mujer de rojo y le diría: «¿Se acuerda de mí?» Y ella me diría: «¿Fuimos presentados?», y luego me dejaría pasear a su lado. Vaya, este pelo no hay quien lo peine.

UN DÍA DE PRIMAVERA UN MARINO

Era un día de primavera de esos en los que los barcos arriban trayendo mercaduría de lejos y marinos contando nuevas historias de gentes extravagantes y animales pasmosos. De uno de esos barcos llegado de lejanos viajes descendió un marino con paso ligero por la escalera. Camina decidido por el muelle y su paso trae el vaivén de las olas. Por debajo de la boina ladeada asoma una guedeja gris. Las gaviotas chillan en lo alto y el marino lleva en la boca sonriendo el aire de un cantar.

Al pasar al lado de los bateleros que andan a la sardina oye una voz que le llama.

—¡Eh, Rubén! —Un hombre con gorro negro de lana

y ropa de agua amarilla se acerca por la cubierta hasta proa agitando los brazos.

Lo ha reconocido, era Valentín, su compañero. Pero estaba muy cambiado, avejentado, como si hubiera vivido ya toda una vida. Ahora estaba saltando a tierra y se acercaba a él adelantando una mano y sin tiempo siquiera para cogérsela dándole un abrazo fuerte. Aquel hombre en quien se había transformado Valentín lo apretaba y lo sacudía y lo llamaba por su nombre.

—¡Ay, Rubén, Rubén! Cuántos años. Hasta pensé que te habías muerto.

—Hola, Valentín. Qué tal, hombre. Te veo viejo.

—¿Que me ves viejo, amigo? ¿Y cómo crees que te veo yo? ¿Crees que después de tantos años íbamos a estar igual?

—¿Tantos años? ¿Ha pasado tanto tiempo?

—Vaya, hombre. Eras un chiquillo cuando embarcaste, ¿qué piensas que eres ahora?

El marino se quedó callado sin saber qué decir mirando para los años en la cara del amigo. Luego mira para abajo, sus propios pies, y va subiendo intentando mirar para sí mismo.

—No hagas caso, Rubén, hombre. No te pongas así. Estás hecho un muchacho. —El amigo, confuso, le coge la mano y se la sacude. La suelta y se dirigen de nuevo hacia el sardinero.

—Tanto tiempo a bordo. No se sienten pasar los años... No pensé... —pero su compañero camina ya por la cubierta cara a popa.

—¡Valentín, espera!

Su amigo se detiene y da la vuelta para escuchar.

—¿Qué ha sido de los compañeros, Roberto, Rafael, Ramiro? —grita.

—Murieron en la guerra —le contestó a gritos el amigo haciendo pantalla con las manos. Da la vuelta y se va.

—¿Qué guerra? —pero su amigo se incorporó al trabajo, atareado con los demás marineros en popa, y no le escucha ya.

Vuelve a echarse el petate a cuestas, y ahora le parece más pesado. Ha metido muchas cosas dentro. Sale del puerto entre caras desconocidas y transita sorprendido por las primeras calles. Hay edificios nuevos que él no conocía, también hay marcas de tiros de fusil y metralla en algunas fachadas. Vagamente recuerda las viejas calles en éstas tan ajenas por las que camina ahora.

Al pasar por delante de una casa baja ve a una mujer planchando delante de una ventana abierta. Es Elisa, su novia. También por ella han pasado los años, piensa, y está más delgada y más pálida, aunque guarda aquella elegancia que le hizo amarla. Está moviendo la boca, seguramente cantando una canción triste como solía, mientras plancha. Él se va acercando a la ventana.

—¡Eh, Elisa! Amor mío...

Ella levanta la vista y lo mira con cara de reconocerlo y de sorpresa primero. Con cara triste después. También ella se va acercando y se agarra al borde de la ventana.

—Elisa, cariño. ¡Qué ganas tenía de volver para verte otra vez! Has cambiado de casa.

—Rubén —apenas dijo ella.

—Traigo dinero, mucho dinero. Podemos abrir el hotel de que te hablaba en las cartas.

—Rubén, estás más flaco. Y canoso, Rubén.

—Ven, sal. O abre la puerta. No te preocupes por las canas, las teñiré. Elisa, traigo muchos besos para ti en el corazón. Y mira lo que te tengo.

Saca del petate algo envuelto en un pañuelo de seda. Se lo da despacio.

—Ábrelo, anda.

—Ay, Rubén. Traes las ansias de un niño, y yo ya voy cansada.

—Ábrelo, anda.

—Rubén, llegas tarde. No escribías, pensé que te habías muerto.

—Te escribí cartas. Te escribía que volvería pronto. Anda, mujer, abre el regalo.

—Rubén, tus cartas no llegaron. Me casé y ésta es la casa de mi marido. Trabaja en una oficina —dice con el envoltorio en la mano.

Él calla, con la boca abierta, ella abre el pañuelo de seda y saca un collar de cuentas brillantes.

—Es muy bonito, Rubén. Qué pena que no llegaran las cartas. Eras tan alegre...

—Tanto tiempo a bordo... No se sienten pasar los años... No sé...

—Toma, tengo que devolvértelo. Vete, Rubén, corazón. No tardará mi marido en volver del trabajo. Es muy bueno y no quiero darle un disgusto. No debiste tardar tanto.

Guardó el pañuelo de seda y el collar en un bolsillo de la chaqueta y se fue lentamente, llevando el petate casi a rastras. Anduvo un poco y se paró para mirar atrás. La mujer estaba cerrando la ventana con cara triste, le hizo un ademán, un pequeño adiós con la mano, y luego la cerró.

Siguió por la acera con paso torpe, ya no estaba acostumbrado a andar por tierra y el equipaje pesaba. La gente se cruzaba con él sin reconocerlo y pensó que había pasado demasiado tiempo en el mar. No había llevado cuenta de los años que habían pasado, debieron de ser más de los que pensaba. El tiempo pasaba traidor, sin avisar.

Siguió andando hasta que llegó a su barrio. Casas, negocios y caras desconocidas. Algunas casas seguían igual, algo más viejas. Buscó la suya con paso más ligero.

No estaba. Donde estaba había ahora un solar cubierto de escombros, tierra y maderas viejas. Al lado de la casa contigua, a la altura del primer piso, había restos de pintura azul de lo que había sido su cuarto. Seguía allí un pájaro de papel recortado de una revista que había pegado de niño en la pared con patata cocida. No estaba su casa. La habían tirado.

Apenas encontró fuerzas para sentarse en el petate y no derrumbarse, simplemente. Se quedó sentado en la acera intentando identificar inútilmente alguna piedra de la casa en aquellos montones de escombro. Pensó que en tierra se puede sentir también el mismo mareo que él sintió en los tres primeros días que pasó en el mar.

Una vieja enlutada se detuvo delante de él y lo miró como buscando en su cara a alguien.

—¿Eres tú? —y siguió mirándolo.

Él también la miró, cansado.

—¿Eres Rubén, el hijo de María?

—Sí, soy yo. ¿Qué ha sido de mi madre?

—¡El tiempo que hace que murió! Al poco tiempo de marcharte tú. Nunca se acostumbró a no tener noticias tuyas. Y fue decayendo, decayendo. Murió como un pajarito.

—Muerta...

—Muerta, claro. ¿Creías que no iba a pasar el tiempo? Hablas como un chiquillo.

—Y yo todos estos años guardando la ilusión...

—No debiste marchar, Rubén.

—Tanto tiempo a bordo... No se sienten pasar los años... No sé...

—No debiste volver, Rubén.

—No debí volver.

Se levanta con esfuerzo y carga el petate. Camina doblado por el peso para dejar el barrio.

Toma un tranvía rojo, con un gran anuncio en el costado: *Sardinas Ítaca*, que lo lleva al puerto. Va ensimismado deseando dejar aquella ciudad que no lo reconoce. Va atento al pasar por delante de la casa de su amada. Le parece ver detrás de las cortinas a un hombre y a una mujer sentados a cada lado de una mesa, una sopera en medio. O serían figuraciones quizá.

Baja en el puerto y camina cansado, los barcos de sardinas ya salen al mar. El muelle está ahora más silencioso al atardecer. Busca su barco, pero no está.

Le pregunta a un hombre con mandilón azul que lleva una carretilla cargada de sacos.

—Ha zarpado hace media hora —y siguió empujando.

Allí, de pie, parado, sintió un cansancio infinito y pensó que no debería haber vuelto, que nunca hubiera debido bajar del barco.

—Estoy náufrago —dijo.

El hombre que empujaba la carretilla se detuvo y le preguntó.

—¿Qué?

Pero él no contestó y siguió mirando para todo el mar que tenía ante él con todos sus caminos. El hombre de la carretilla fue alejándose, empujando la carga.

ES UN CHISTE

Ahora hay que divertirse, eh, así que nada de ponerse serios. Aquí a reír y a pasarlo bien. Aquí a reír y a pasarlo bien todo Cristo, así que ahora metemos una de risa. Fuera caras serias. Hala, marchando. He dicho que fuera caras serias.

—Vale, pues una vez eran un inglés, un holandés y un gallego.

—No es así. Es así: una vez eran un inglés, un francés y un gallego.

—No, hombre, no. En el que yo digo era un holandés. Eran una vez un holandés, un inglés y un gallego. Y va y dice uno...

—Vaya, hombre, qué va a ser así.

—A ver, listillo, ¿quién está contando el chiste, eh? Lo estoy contando yo, ¿no? ¿O qué? ¿Estamos? Pues era un inglés, un holandés, porque me sale a mí de las bolas, y un gallego. Y ya está. Y va uno y dice: «Vamos a hacer una prueba a ver quién de los tres tiene más cabeza.» Y entonces va el inglés y saca un papel lleno de problemas matemáticos y dice: «¿Veis esto?», y en un minuto se pone a multiplicar de memoria, venga raíces cuadradas y así todo, operaciones matemáticas, y zas, los hace todos y los deja con la boca abierta. Y va el francés.

—¿Ves como era un francés, que no era un holandés!

—Bueno, a ver... Me he equivocado, ¿qué pasa? Y va el holandés y se pone a decir de memoria todas las capitales del mundo, París, Roma, Tokio, Pakistán, Caracas... y los otros dos ya están pasmados. Londres, París, Moscú..., y así diez minutos.

—Bah, ya lo sé.

—Qué vas a saber. Déjame que lo cuente. Y entonces va el gallego y saca la gorra y se pone a rascar la cabeza. Y van los otros y le dicen: «Qué, gallego, ¿rascas la cabeza para llamar a las ideas?» Y les dice él: «No, qué va. Les estoy avisando a los piojos para que se aparten. ¿Veis aquel roble tan gordo? Pues mirad.» Y echa a correr y se da un cabezazo de miedo contra el árbol y el roble se cae. «¿Qué? A ver, coño, a ver quién tiene aquí más cabeza», les dice. Y ganó la apuesta.

—¿Qué apuesta?, si no había ninguna apuesta.

—Sí que la había, que lo digo yo, que soy el que estaba contando el chiste. Y tiene también otro final. Cuando le toca el turno al gallego, va él y les arrea un cabezazo a cada uno y los deja muertos. Y les dice después: «Qué, ¿quién tenía más cabeza, eh?»

—Bueno, a mí no me hace gracia. Además ya lo sabía.

(Extraído del manual de ejercicios espirituales *Prácticas de autoodio*, A. Teijeiro Gerpe)

EL PASO DEL TIEMPO

Qué feo está, qué gordo se ha puesto. Parece increíble, con lo guapo que era, parece mentira. ¿Recuerdas qué guapo era? Tenía una cara monísima, con aquellos ojos verdes. Ay, aquellos ojos verdes. Parecía que te morías cuando te miraban aquellos ojos verdes. Si me llega a decir algo mirándome con aquellos ojos verdes, creo que me hubiera dejado perder. Ja, ja, que no se entere Andrés. Si me oye Andrés, me mata, ja, ja. Pero qué guapo era y qué tipo tenía. Espigado, tieso. Era como un artista de cine. Además, entonces casi no había hombres altos, hoy sería normal, pero entonces. Lo mirabas y te daban ganas de comerlo, era una preciosidad... Y así fue que tuvo las que quiso. ¿Recuerdas aquella Laurita que estaba casada con un ingeniero de minas o algo así? Aquella estaba loquita por él. Y él hizo con ella lo que quiso. Con las demás también, ¿cómo se llamaba aquella morenita que se casó después con un marino mercante? No, era Mónica o algo así. No, él no perdió el tiempo. Mujer, claro. Él hizo bien si podía... Y podía, caray si podía, que yo, con que me mirara con aquellos ojos... Daban ganas de comérselo. Y ahora ¿has visto qué barriga tiene? Y la papada, que le hace una cara de bollo que parece, no sé lo que parece. Qué bárbaro, qué feo se ha quedado. Los ojos, sí; los ojos siguen siendo los mismos, pero ya no es lo mismo, que parece que hasta se le quedó la cara como de atontado. Sí, tiene una expresión algo rara. A lo mejor es que está tratándose de los nervios, por eso está así. Sí. Una medicación de ésas acaba con cualquiera. Y engordas, engordas mucho, que luego no hay manera de bajarlo. A lo mejor son los años nada más, se descuidó, se dejó ir. O perdió el interés por las mujeres y se fue abandonando, poco a poco, se fue abandonando. Ay, sí, y veinte también. No, tantos no. ¿Se casaría? Pero qué bárbaro, qué gordo está, qué feo se puso.

NO ES POR CIERTO
TIEMPO AÚN DE OLER
LA FRAGANCIA DE LAS PALMERAS

(Esclava nubia de piel oscura y más bien gruesa, vestida a la manera tópica de las brasileñas, con ropa de lunares y un pañuelo en la cabeza con nudo delante. Tiene un pitillo en un extremo de la boca y pasa una fregona.)

No es por cierto tiempo aún de oler la fragancia de las palmeras. Pero huelen. Y es bien dulce su aroma que hasta parece que los dátiles están maduros, aunque no es su tiempo desde luego. Pero lo parece. Y están las cosas bien fuera de su ser que hoy oí maullar un perro y ladrar un gato y anda el tiempo desnortado que no se sabe si las témporas van entrar para arriba o para abajo y no se sabe para donde paran los astros que hasta ni en su lugar están. Que tengo para mí que los dioses de esta gente andan enloquecidos que este dios que por lo visto tienen no es de buen talante. Y no debe una esclava nubia hablar estos pensamientos y mi boca no ha de decir palabra mía, que no veo sino agüeros todo a mi alrededor. Y esta sangre.

(Retuerce la fregona.)

Esta sangre que mi fregona no acaba de borrar. Esta sangre que friego a fondo sin que la Vileda acabe con ella, aunque se tiñe de rojo que la escurro una y otra vez para volver a salir rojo sin que limpie ni consiga llevarse esta sangre. Muy mala es de limpiar esta sangre de los judíos, es sangre terrible que ni hombres ni mujeres de mi país tienen la sangre tan espesa y negra. Que además suelta un olor agrio que debe de ser de cuerpo de mujer o varón que algún dios tocó con su mano, que no aparenta de naturaleza humana. Que todos mis dioses juntos y aun el de estos judíos me tengan lejos de hombres así, que no es bueno que los humanos crucemos por delante ni de dioses ni de profetas, que no puede ser cosa buena. Ya está otra vez gritando ese hombre.

(Retuerce la fregona.)

Ya está otra vez gritando ese hombre que está preso en el pozo. Y mi fregona no da lavado estas manchas. Se le oyen más amenazadores los gritos hoy que otros días, se ve que también a él con ser santo según refieren le conmueven agüeros tan malos. Malos, vaya si son malos, que esta mancha hasta parece pintura plástica seca que no da marchado aunque pase la fregona y quede ésta empapada en sangre de algún diablo. Los dioses de mi tierra me protejan, que no quise ofender a ningún dios ni diablo de este país de los judíos, que gente que tanto mató y que tanto mal hizo en mi pueblo dioses y diablos muy malgeniados han de tener. Los dioses de mi tierra me protejan y me libren de mal que no quise calumniar a dios ni diablo alguno de esta tierra de mis amos. Y he ahí que vuelve.

(Retuerce la fregona.)

Y he ahí que vuelve otra vez a dar gritos ese hombre, que hoy es distinto su tono del que solía, que hasta parece que está llamando por la muerte o así me lo parece a mí pobre y torpe esclava caldea que no entiendo el hablar de este país de hombres de mirada torva. Y mejor será para ti pobre esclava no saber nada de lo que hablan tus amos para así no conocer secretos que no te van a traer más que zurriagazos en tu pellejo. Es que no acaban sus gritos que la vuelven loca a una aunque no entienda su hablar y además que si no se calla le va a hacer perder la paciencia a amo Herodes que tiene hoy mucha fiesta y convidados de Roma. Ay hombre del pozo ¿no te callarás de una vez? que no puede ser cosa buena que enturbie la música de la fiesta de mi amo con esa voz que mismo llama por la muerte o así me lo parece a mí que no entiendo su hablar.

(Mira el reloj de pulsera.)

Ay, que los dioses de mi tierra me protejan y me eviten castigos que ya es hora de ir a ayudar a la princesa

Salomé a vestirse para la fiesta finas sedas que han de ceñir su cuerpo ágil como el mimbre, que tiene esa muchacha genio de mujer viciada con la carne y no acabo de limpiar esta mancha de sangre y eso que le eché mucho Ajax Pino en el agua. Mejor será que cubra la mancha con esta alfombra que no puede ser del gusto de mi amo ver manchas de sangre en el día y en el lugar de la fiesta, que pueden mancharse las ropas de las danzarinas.

(Tapa la mancha con una alfombra y se va con paso cansino y perezoso.)

Ya está otra vez ese hombre gritando esas voces que mismo parecen llamar por la muerte o así me lo parece a mí pobre y torpe esclava caldea que no entiendo el hablar de este país de mis amos. Aún han de mandar llamar al viejo verdugo, ese que se muere por darle juego al cuchillo. Aún.

CON LOS AÑOS SALEN PELOS

Pues si picaban había que cortarlos. Hacían cosquillas en la nariz. Encendió la luz horizontal encima del espejo. Primero parpadeó y luego se quedó fija. Hizo una mueca con la cara para destacar la nariz y luego se miró de lado. Sí, salían para fuera. Allí estaban. Abrió la puerta de espejo del armarito y cogió las tijeras pequeñas de punta vuelta. A ver. Metió el dedo en la nariz para sacarlos más para fuera. Los metió entre las puntas de las tijeras y los cortó. Hala, fuera. A ver en el otro lado. Lo malo era que cuanto más los cortaba uno más pronto y más duros salían. Empujó los del otro lado con el dedo y los cortó.

A ver los de las orejas. Imparables. Movió la cabeza en un sentido y en otro. Cada vez eran más y colgaban más de los oídos. Lo malo era que si empezaba con ellos después saldrían más. Pero tendría que empezar a cortarlos, ya casi parecían matojos de retama saliendo para fuera. Parecía como si la cabeza estuviera llena de pelos y que con los años fueran saliendo para fuera. Mejor cortarlos otro día. En algunas barberías te los cortaban sin preguntar nada conforme te cortaban el pelo. Pelos por todas partes. Como el hombre-lobo. Cuanto más pelo te caía de la cabeza más te salía por los otros lados. Cómo pasaban los años, cómo se notaba. Guardó las tijeritas en su sitio y apagó la luz.

CRIMEN Y CASTIGO

¿Qué has hecho que traes esa cara? Algo has hecho, si no no traías esa cara. Traes cara de haber hecho algo, no me engañes. Traes cara de culpa. Es la culpa la que te hace bajar la vista. Ya sabes que a mí no me engañas. Soy más listo y más fuerte que tú. ¿Quién manda aquí, eh? Y ahora dime qué has hecho, algo has hecho. No me engañes, sé que me estás engañando. No escondas la falta que es peor aún. Dilo, reconoce el delito y seré indulgente en el castigo. Tendrás tu castigo, pero seré justo y clemente. No lo demores, sólo retrasas y agravas la pena. ¿No lo quieres confesar, eh? ¿Es eso lo que quieres, no lo quieres confesar? Confiésalo y lo tendré en cuenta. Callas, luego me das la razón. Está bien, eres tú mismo quien me obliga. Eres tú quien me está obligando, eres tú quien quiere ser castigado. Bien sabes que no me gusta hacerlo, pero me estás obligando siempre. Siempre haciendo algo, ¿para qué lo haces? ¿No sabes que después tengo que castigarte? Siempre lo mismo. Venga, tráeme la vara. Muy bien, ya pones tú las manos, ya sabes lo que tienes que hacer, no te lo tengo que decir. Así, bien estiradas. Así me gusta, que sepas obedecer.

Ésta, para que recuerdes que no tienes que hacer lo que no debes.

Ésta, para que no me obligues a castigarte más.

Ésta, para que no lo vuelvas a repetir.

Ésta, para que no llores cuando se te castiga.

Ésta, para que recuerdes que lo hago por tu bien.

Ésta, para que aprendas.

Ésta, para que pagues el delito y puedas quedar en paz.

MEMORIA

«Rogelio.» La voz de la madre llamándolo desde la cocina lo hacía sentirse más a gusto entre las sábanas calientes. Qué gusto las sábanas limpias y planchadas. Las del cuartel eran más ásperas. Qué bien se estaba. ¿Cuántas horas llevaría durmiendo? La cabeza sonriente de la madre apareció asomada a la puerta entreabierta. «A ver, holgazán, que te vas a pasar todo el permiso durmiendo.» Cogió una zapatilla del suelo e hizo como que le arreaba con ella, él se cubrió debajo de las mantas. «Venga, que tienes el almuerzo en la mesa.» Se destapó y vio un pedazo de la bata roja de la madre saliendo por la puerta. Aquella tarde tenía que jugar un partido con los compañeros, y por la noche llevar a Charo al baile. Tenía que aprovechar los días de permiso. ¿Querría Charo ir al río? Tenía que comprar preservativos antes de ir a jugar el partido. Se levantó, se puso la bata verde y se calzó las zapatillas. Salió. En la cocina su mujer calentaba café mirando distraída la cafetera en el fogón de butano. «¿Te enseñó las notas el chico?», le dijo. Se sentó en la mesa detrás de ella, acarició con los dedos el borde de la taza de porcelana, «No», dijo. La figura de Charo era flaca y remataba en una cabeza (con una pelambrera) entre rubia y cenicienta. Cómo había adelgazado con los años. Otras mujeres engordan con los años y los partos. Charo había adelgazado. Se pasó las manos por la barriga que le caía por encima del cinturón. Ella sacó la cafetera del fuego y cogió el cacharro de la leche con la otra, dio la vuelta y le echó en la taza la leche primero y después el café. Él echó un par de cucharadas de azúcar y empezó a revolver cuando oyó que lo llamaban desde la calle, «Rogelio». Se asomó, eran Fito y Mocos que miraban hacia arriba con las carteras de los libros en la mano. «Ya voy», dijo. Cogió el bocadillo de encima de la mesa. «Espera –dijo la madre–, envuélvelo en un papel, que vas a manchar los libros. Todos los días tengo que decírtelo.» Cogió la página del periódico que le dio la madre y envolvió a toda prisa el bocadillo. Lo guardó en la cartera y salió de la cocina corriendo y haciendo el ruido del motor de un coche. Se oyó el portazo. Bajaba las escaleras agarrándose a la barandilla con una mano y ayudándose con el bastón en la otra, «Despacito, Rogelio, despacito. No vayas a tener una caída y romperte algún hueso también tú. Los huesos de los viejos son como los de los pollos», y pensó en la pobre Charo que se quedaba en cama viendo la tele con la cadera rota. Se paró y cogió aire, sacó un pañuelo de la mano y se lo pasó por el borde de la boca bajo el bigote blanco. Lo guardó, aspiró fuerte y volvió a bajar las escaleras, «Despacio, Rogelio, despacio. Pero qué poco vale un viejo. Cómo pasa la vida». Al llegar al portal vio a Fito y a Mocos que le dijeron «Vamos», y echaron a correr los tres con las carteras en una mano y el otro brazo estirado como si fuera el ala de un avión y haciendo el ruido del motor con la boca. Hacían así, «rrrrr».

AY, PEREIRA

Ay, hola. Pasa, pasa, ya estoy acabando. Pósalo ahí, sobre el aparador. Me alegro de que hayas venido, Pereira, estoy tan aburrida todo el día aquí en casa sola. Desde que se fue Manolo esta casa no es la misma. Figúrate, todos los hijos casados y colocados y yo aquí sola. Ahora, cuando más falta me hacía el marido, va y se muere. Y una es aún joven, y tiene ganas de vivir. Ay, Pereira, qué cosas tienes. Ay, Jesús, ya sé que lo dices para hacerme reír. Quita, quita, hombre. Ay, cómo eres. Estáte quieto, Pereira, que soy viuda, déjate de locuras. Ay, Pereira, por favor, respeta que esta mujer ha perdido al marido aún no hace un año. Ay, que me haces reír.

Estás loco. No sabía yo que fueras tan cariñoso. Deja, suelta, hombre, Pereira, que estoy sola y puede venir cualquiera. Sí, cualquiera que pase y oiga, qué va a decir. Suelta, suelta, saca la mano de ahí, Pereira, que si me haces cosquillas me pongo a reír como una loca. Ay, Dios mío, que me vuelves loca. Cómo eres, qué lagarto. Estáte quieto. Deja, no sigas. Ay, Pereira, que me pierdo, no abuses. Ay, qué gusto me das, cochinón. No debías aprovecharte como te aprovechas, que soy viuda, ladrón. Ay si Manolo estuviera vivo y apareciera aquí nos mataba a los dos, con el genio que tenía... Ay, qué cosas me haces. Hasta me parece que oigo andar a Manolo por la casa, qué cosas tengo. Ay, galopín, que me matas. Si se entera tu mujer. Si se entera Milucha nos mata. Sigue así, sigue un poco que tenía mucha falta. Ay, Dios mío, ay que nos van a oír. Por favor, Pereira, ten tino que me matas. Por favor, Pereira, qué aprovechado eres, cómo has abusado de que estoy sola. Diablo, que eres un diablo, Pereira.

MI MANO LLAMA A LA MEMORIA

Ya está mi mano acariciando la oreja. No lo puedo
evitar, en cuanto me descuido, y ahora soy tan descuidado, ella se levanta en silencio y coge la oreja. Y, de in-
mediato, acude la memoria, melancólica Mnemosine con
su perro, y ya soy todo lleno de recuerdos, el perro
dando vueltas alrededor.

Cada día vienen más y más nítidas. Será que se en-
cuentran a gusto en mí y cuando viene una llama a las
demás. Debe de ser que opongo poca resistencia a sus
andanzas. Llegará un día en que ocupen todo el espacio
que hay dentro de mí, ese día estaré lleno de recuerdos.
Lleno de este tiempo pasado parado. Lentamente noto

cómo esa mentira dulce y amarilla va ganando espacio dentro de mí. Poco a poco va expulsando al vivir.

Ya no reparo en lo que tengo ante mí. A veces me quedo pasmado sin ver o sin acabar de leer la página que tengo delante mientras me van ocupando recuerdos estúpidos. Tengo que apelar a todas mis fuerzas para arrancarme de la ensoñación y anclarme al momento o a la página. Agarrarse al momento, a cada página que se lee. Poca o mucha, es la vida que tengo.

Incluso a veces me pregunto si los recuerdos que recuerdo son verdaderos, si realmente ocurrieron las cosas que recuerdo. Recuerdos dolorosos y tristes. Incluso hermoso alguno. ¿Pero cómo puede haber recuerdos hermosos de la infancia, la dolorosa? ¿Dónde está aquella lucidez despiadada con que analicé mi vida otrora? Sospecho que la memoria es una mentira entera. Desconfío de que el bálsamo que aparentan ser esos recuerdos sea un señuelo seductor para ganarme la voluntad con mañas. Sirenas que llaman por mí, Ulises estático. Triste y seca lucidez, hermana mía, vuelve a mí, no cedas a la debilidad del cuerpo.

Agarrarse al momento, agarrarse a cada página que se lee. Ahora dejo la pluma y voy a tomar las medicinas de media tarde. Con atención y con cuidado de tomarlas todas y en su debido orden. Concentrándome en notar cómo las cápsulas bajan con dificultad por la garganta reseca. Cómo el jarabe viscoso deja un sabor amargo y dulce en la boca. Son sensaciones reales. Concentrarse en ellas. Prolongarlas.

(Manuscritos inéditos de **Isidro PUGA PENA**)

FILOSOFÍA

Quien habla, quien ve, quien oye, no duda de los sentidos, pero debemos dudar de los sentidos, dejar a quienes hablan, a quienes ven, a quienes oyen, y dudar de los sentidos, no hablando, no viendo, no oyendo, como los tres macacos que se tapan la boca, que se tapan los ojos, que se tapan las orejas, estando así más cerca de la verdadera sabiduría que empieza en no hablar, no ver, no oír, dudando siempre de los sentidos, *in dubida virtus*, dijo el latino, o si no lo dijo quizá había visto decirlo, o lo había oído, pero no debería hacer caso y debería haber desconfiado de los sentidos y dudado de lo que había dicho, visto u oído, pues en eso está la verdadera sabiduría, pero ¿cómo creer en la verdadera sabiduría sin dudar de que sea falsa?, ¿y cómo avanzar en ningún camino de sabiduría sin poder enunciar lo que pensamos, vemos, oímos, sin poder oír lo que pensamos, vemos, decimos, sin poder ver lo que pensamos, vemos, oímos, y cómo no dudar de que lo, quizá, avanzado en el camino de la sabiduría sea, quizá, avance, y aún más, lo sea en el camino de la sabiduría? ¿No estará verdaderamente en el que habla, en el que ve, en el que oye, y hablando sin tregua, viendo sin descanso, oyendo hasta ensordecer, sin miedo de hablar lo que se ve y lo que se oye, sin miedo de oír lo que se habla y lo que se ve y sin miedo de ver lo que se habla y lo que se oye, dejando de lado y sin mirar siquiera de soslayo para los tres macacos que se tapan la boca, los ojos y los oídos consecutivamente, siendo uno solo en sí mismo cada uno, pero unidos de manera indisoluble, haciéndonos ver con ello que debemos dudar de los sentidos, único camino de sabiduría?

–¿Cómo era?, ¿cómo era? Esta parte final no la he entendido.

–Bueno, más o menos era que a ver si no estará verdaderamente en lo que se habla, en lo que se ve, en lo que se oye, el camino de la sabiduría. Más o menos, una cosa así. Esto es una filosofía así que me invento yo.

(De la libreta de **MANEL**, *Filosofías*)

Mi mamá me mima

Yo mamo a mi mamá

Mi papá me pega

Yo pego a mi papá

GOLPEO EN EL CRISTAL Y GRITO

Hace mucho calor y los colores son eléctricos. Tiene uno la vaga impresión de estar en África, probablemente allá por los negros, el calor y los coches viejos, polvorientos. Vamos cuatro o cinco en un coche viejo junto a un camión lleno de chatarra. Entre los dos vehículos se mete una moto con dos negros montados en ella. Es muy peligroso, se van a matar. Efectivamente, la moto y los dos pasajeros salen despedidos contra un muro, pasan por encima del muro. Aparcamos para ver.

Ahora somos dos. Nos asomamos por un agujero abierto en el muro de piedra. El muro oculta unos cantiles y allá abajo está el mar. Una playa de aguas verdes y poco fondo. No se ven los cuerpos ni los restos de la moto.

—Claro. Siempre que los accidentados caen al mar desaparecen —dice el que me acompaña (¿o es una mujer quien me acompaña?).

En el agua se baña la gente en bañadores de colores.

Nos sentamos al pie de unos árboles que crean un espacio espeso y una luz granate. Probablemente el reflejo de las hojas granate. Hace mucho calor. El suelo es como de hule, también granate, pero con pintas. En realidad, todo tiene pintas amarillas, también la puerta tapizada del mismo hule y con borde dorado que hay un poco más al fondo.

—¿Vamos a ver? —dice alguien (no sé si yo o mi acompañante, hombre o mujer).

Entramos. Es un bosque de árboles enormes, mirando hacia arriba no se ve el cielo ni el remate de ellos. Hace un frescor agradable; no hay ruidos ni viento. Lo atravesamos y pronto aparece otra puerta. La abrimos y vemos un cuarto ocupado por cajas de color granate alineadas sobre una mesa y llenas de algo como patatas rojas llenas de agujeros. Sentimos en la cara un calor húmedo, sofocante. Probablemente se desprende de las patatas. Vuelvo atrás y cierro la puerta. Pero ahora el cuarto en el que estoy es pequeño, lleno de muebles y vitrinas antiguas con una puerta en el otro lado.

Mi acompañante (ahora sí es un muchacho, parece joven pero va ya con barba) y yo queremos salir por ella. La abrimos y hay un bosque oscuro de árboles viejos. Nos damos cuenta ahora de que sobre la puerta hay un letrero que dice «Bosque islandés». Nos asomamos. Justo al lado de la puerta, medio confundido con la vegetación, hay algo así como un hombre de barba negra y crespa, como vegetal. Debe de ser un duende, un duende del bosque islandés. Cerramos la puerta.

La habitación en la que estamos es ahora claramente un laboratorio iluminado por una ventana que filtra claridad. *Laboratorio de los alquimistas,* dice un letrero colgado de la pared. No hay ningún alquimista trabajando en ninguna de las cuatro o cinco mesas llenas de frascos de cristal. De pie, observa una muchacha vestida con ropas holgadas y claras con bordados de oro. Lleva un pañuelo blanco, almidonado, en la cabeza. Digo para mí que parece una holandesa del siglo XVI, pero no sé si realmente vestirían así. Ella sonríe, parece agradable. Voy hacia la ventana con temor por lo que allí pueda ver. Parece que estamos en un tercer piso. Allá abajo, entre las rejas, veo saliendo del edificio y marchándose a dos hombres de uniforme y gorra, deben de ser los vigilantes. Golpeo en el cristal y grito. Uno de ellos se detiene y mira. Le hago gestos con las manos. Él sonríe y sigue andando. Se va.

¿Qué va a pasar cuando se haga de noche? Noto una mano en el hombro, es la holandesa que me dice «tranquilo». No sé qué habrá sido de mi acompañante.

—¿Por dónde puedo salir?

—Por ahí —me dice ella y me señala la dirección de la habitación del «Bosque islandés»—. Vas a atravesar el «Bosque alemán» y luego una biblioteca. Allí verás la salida.

Puede que sea verdad, pero si no es verdad y entro en ese «Bosque alemán» después ni siquiera podré volver. A ese lado ya habrá otro lugar.

—¿Y por ahí a dónde se va? —le indico la puerta abierta que se abre a un corredor oscuro en un lado del cuarto.

—Por ahí no se sale —me dice ella.

—Pues yo quiero ir por ahí.

—Como quieras —dice ella.

Miro por la ventana y no veo pasar a nadie por ese patio.

HACER CACA POR ELLA

Mira los esfuerzos de su hija de siete meses por cagar. No sale. Su cuerpo menudo contrayéndose y la carita roja de dolor. Quisiera poder ayudarla, evitarle el dolor y no puede. No puede entrar en ella y gobernar sus tripitas inexpertas, intestinos y esfínteres, para ayudarla a cagar. Y la mira, sentadita en la bacinilla en el centro de la alfombra haciendo fuerza ella solita. Y sufre y se dice para sí, mientras acaricia el lóbulo de la oreja, que en eso es en lo que consiste la radical soledad del ser humano: no puede cagar por ella. Nadie puede. Eso es lo que piensa mientras la ve haciendo fuerza, ya solita ella con su dolor de vientre. Siente cómo le cae una lágrima inesperada por la mejilla en el momento en que comprende que también ella está sufriendo. Querer debe ser sentir como dolor esa proximidad de soledades distintas e incomunicables, piensa recogiendo la lágrima con un dedo. Ah, por fin, la niña lo ha hecho ya y pone carita de alivio. Querer debe de ser también sentir esta alegría que ahora siente. Y vuelve a notar la lágrima en la cara, debe de ser otra.

COMENTARIO

1 – ¿Sabes localizar los intestinos y esfínteres en el cuerpo humano? Inténtalo.

2 – ¿Sabes cómo y dónde se forman las lágrimas?

3 – ¿Qué te parece la definición que da el autor de «querer»? ¿Has sentido alguna vez algo semejante? ¿Cuándo? Intenta expresar con palabras lo que sentiste.

4 – ¿Qué opinas de la soledad?

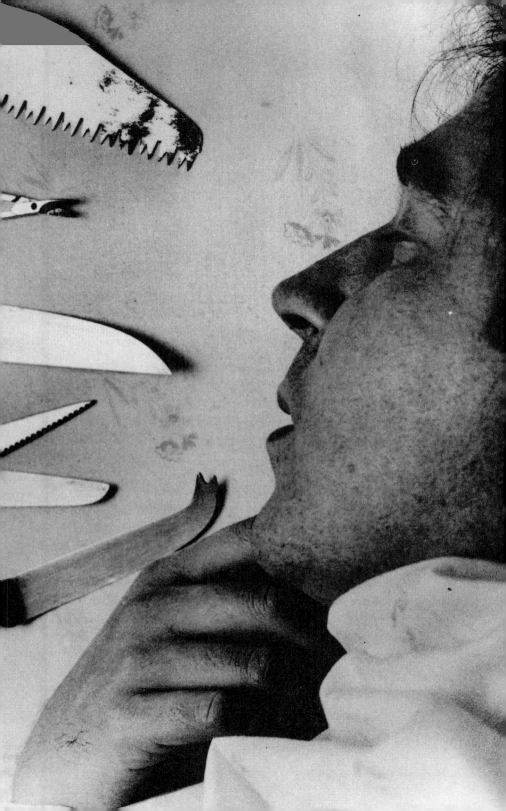

CONDUCTOR

Soy conductor, conduzco mi coche, driving my car, driving my car, voy por la carretera, paso zumbando, driving my car, zumbandooooo.

Voy por la carretera de noche, mis faros iluminan a un hombre que camina con una bolsa de plástico, yo ya he pasado pero sé que va pensando despacio en sus cosas y ahora aspira fuerte el aire fresco de la noche y mira hacia la derecha las luces de la otra orilla de la ría, como todas las noches de vuelta a casa, y sigue caminando tranquilo porque va de vuelta a casa, pero yo ya he pasado y ya voy allá, porque soy conductor, conduzco mi coche, driving my car, driving my car.

TERCER MISTERIO DOLOROSO
LA TIRANÍA DEL A.D.N.

A mí lo que más me va es estarme quieto, estarme aquí, así, hablando, cavila que cavilarás, sin hacer nada. Pero muchas veces me entran ganas de arrancarme de aquí lejos para siempre. Esto es así, que como dice la filosofía somos una cosa y al mismo tiempo la contraria. O algo por el estilo. Positivamente, esto lo leí no sé dónde. El caso es que, al final, dejo que pasen las ganas, me quedo como estoy y sigo aquí hablando y hablando. Me puede más el estarme quieto que el marcharme por ahí. Pero muchas veces pienso en lo que habría sido yo si me hubiese marchado y anduviera por el mundo, o si me hubiera decidido a trabajar en una cosa. Por ejemplo, de camarero, o de representante. Muchas veces pienso en esto y me parece que me veo de marino arrimado a la borda de un barco, con la gorra de visera y una cachimba en la boca, o conduciendo mi coche atravesando países, o con una chaqueta blanca con galones, una pajarita y con una bandeja en la cafetería de un hotel, o vestido con traje y corbata esperando con mi cartera en la consulta de un médico. A veces tengo miedo de que existan esos otros Nanos que imagino. Con esas cosas nunca se sabe. Yo no creo en las brujas, pero haber, ya se sabe, las hay. Y el pensamiento tiene mucha fuerza, y más aún la palabra, que es el pensamiento echado para fuera, y con la palabra no se juega, que luego que la has echado para fuera no la puedes recoger. Y yo tengo miedo de decir estas cosas porque, en cuanto lo dices, puede ocurrir que se me aparezca el otro Nano que quizá quise ser, y a mí estas cosas me dan respeto. Pero como me estoy aquí quieto y no me muevo ni hago nada, sólo hablo, pues no puedo dejar de pensar en las cosas que pude haber sido, en las personas que pude ser. Pude haber sido médico, carpintero, pintor de cuadros, maestro, jardinero... y me entra mucha pena de no haber sido estas cosas. Me entra como morriña. Puede uno ser tantas cosas y tan interesantes que da pena no serlas. Claro, esto si te pones a pensar, si no, nada. A mí, ahora ya se me ha pasado el tiempo, ya pronto hago los cuarenta y cinco, que ya son años. ¿O serán cincuenta y cinco? No sé, ya no me acuerdo. Tengo que acordarme y preguntárselo a mi madre. Pasan los años tan corriendo. El tiempo lo va matando a uno sin que se dé cuenta y poco a poco se va encogiendo uno, se va encogiendo uno, y al cabo queda uno todo encogido. Como la pirola, que tampoco es ya la misma. Eso está demostrado científicamente, antes se me ponía tiesa muchas más veces y mucho más tiempo. Ha cambiado el promedio. De chico, a veces había veces que tenía que arrearle duro, una vez, y otra y otra. Y así hasta seis veces hasta quedar aplacado. Que no me dejaba dormir la cabrona. Y ahora hago una manuela cada tres días y tan campante. Y eso porque me acuerdo yo, eh, que ella no se levanta para decirme «aquí estoy yo». El tiempo también acaba con la pirola. Nada es inmune al paso del tiempo. Inmune quiere decir que no se le puede hacer mal. O sea, si no es inmune es que se puede atacar. Es así que la pirola tampoco es inmune. Todo caduca, y si no, mira la leche y los yogures. Eso también es un alivio, claro, que antes aún me acuerdo que aquello era un sufrir, siempre con el carajo tieso. Que en cuanto veía una mujer a dos kilómetros, zas, ¡firmes! Era una esclavitud, un padecer. Porque, claro, tú tienes ganas, pero casi nunca las puedes matar, y entonces es cuando viene el padecimiento. Yo creo que es de aquí de donde vienen muchos traumas y frustraciones que tienen los hombres, que andan siempre como perros detrás de cuanto coño hay. Eso es una desgracia, una calamidad. ¿Por qué has de querer lo que no vas a tener? Eso provoca la frustración y el trauma que tienen muchos. Mejor sería cortarse el badajo y así se acababan los problemas. Precisamente tengo yo algo escrito sobre esto en una libreta que se llama *Manual del afilador y capador*. No hay manera con ella. Aunque, a mí, aún, y eso que ya tengo sesenta y cinco años. ¿O eran cincuenta y cinco? Ya no me acuerdo. Tengo que preguntárselo a mamá. Pues a mí aún a veces me viene la inflamación ahí y lo paso mal, porque, claro, no puedes andar por ahí molestando a la gente, pidiéndole a toda cuanta mujer ves «señora, por favor, ¿me puede aliviar un poco?», porque llevas una torta, y con toda la razón, porque las mujeres casi nunca piensan en esas porquerías y si ella está pensando en otra cosa, en un hijo que está acatarrado, pongo por caso, pues si ella está pensando en otra cosa y tú le vas con esto, pues va ella y te arrea. Y hace bien, porque eso a ellas les molesta. El caso es que más tranquilo se está sin que te vengan las ganas. Las ganas sólo traen problemas, porque si se juntan muchas ganas, muchas ganas, acabas por hacer idioteces. Y si haces idioteces te metes en líos. Yo ya me he estudiado, y para ahorrarme problemas y para que el carajo no me gobierne, y para no depender tampoco de las mujeres, inventé un método. Porque yo pienso las cosas. Hay quien dice «Bah, el Nano es tonto, no sirve para nada», y tal, pero de eso nada. Lo que pasa es que yo pienso en las cosas importantes y dejo las otras para los demás. Por ejemplo, esto aún está por descubrir, pero yo sé que los hombres llevamos un bicho dentro. No puede ser de otra manera para que andemos así desesperados siempre detrás de las mujeres. Los hombres somos capaces de cualquier cosa. Yo pienso a veces en mí mismo y me entra miedo. Y digo yo si no estaremos hechos de la misma sustancia que el Sacamantecas. Claro que puede que el Sacamantecas sea un sueño. Pero cuando lee uno las cosas que lee en los periódicos... Como lo de esa niña de siete años que apareció muerta el otro día. Y todo lo que le hicieron, que es mejor ni pensarlo. Eso es por causa de un bicho que llevamos dentro como una condenación. Hay otro bicho parecido, que le llaman «la solitaria», pero ése da ganas de comer comida. Ése debe de ser «el solitario» y da ganas de atacar a las mujeres. Yo cavilo en estas cosas que son importantes. Algún día vendrá un investigador japonés y descubrirá el bicho, pero, mientras, nadie me cree y si se lo digo a alguien dice «Qué idioteces se le ocurren a ese Nano». Pues que se vayan a comer mierda. Pero yo descubro cosas y hago inventos para mí. Por ejemplo, un método para mandar tú en la pirola y no la pirola en ti. A mí me parece que eso es algo fundamental, pero fundamental. Pues viene siendo lo siguiente. El método tiene una parte de prevención, eso es fundamental, es algo en lo que están trabajando cada vez más en Medicina, en la prevención. La prevención consiste en que el paciente tiene que controlar su ritmo sexual, yo le llamo *sexirritmo,* y anticiparse. Por ejemplo, a quien se le pone tiesa cada dos días, pues ése tiene que aliviarse él por su cuenta siempre un día antes. Si uno que está en este caso de los dos días, una vez constatado que le corresponde la erección los días pares, pues él tendrá que empezar a aliviarse un día impar, antes de que le sobrevenga la erección, no sé si me explico. Y después hay que seguir, sin dar tregua, todos los días impares. Y aunque al principio no responda bien, hay que provocarla, de manera que lo hagas aunque no tengas ganas. Pero el caso es hacerlo cuando tú quieres, no cuando el carajo quiera. Ésa es la diferencia. Con eso, como con tantas cosas, el caso es saber quién manda: o tú o el carajo. Hay una segunda parte, que es para hacerle frente cuando escapa al control. El método parece una pendejada, pero en el fondo es científico. Consiste en un cordel. Cójase un cordel y átese con él la parte citada. ¿Me sigues? Luego sacas el cordel por la parte de arriba de la cintura y lo metes en el bolsillo del pantalón. Si se inflama, pues metes la mano en el bolsillo y ¡ras! Ya verás qué pronto baja. Mira, aquí tengo el cordelillo, sale por aquí y aquí lo tengo en el bolsillo izquierdo, en el de la mano buena. Y cuando quiero, ras, ¡ay! Siempre tiro un poco demasiado fuerte, ay, ay. Ahora me ha dolido. Pero de esta manera puedo estar hablando con una mujer cualquiera, que nada, siempre controlo la situación. Si veo que la cosa pasa a mayores, ras, y vuelve a lo suyo. Hay veces en que estoy con una mujer y ras, y ellas siempre dicen: «¡Ay, Nano, qué cara pones!» Claro, como que me duele... Yo les digo, nada, nada, es un tique que tengo. Pero lo que importa es que allí mando yo. Si pierdo yo el gobierno, entonces manda el carajo y acaba uno haciendo tonterías. Y si haces tonterías te metes en líos. Lo mejor sería cortársela. Que los que quisieran tener hijos corrieran a hacerlos, uno, dos, tres, cuatro, y luego ¡ras! Llama uno al capador. Y tranquilidad. Porque gusto da, pero es tanto el gusto como los problemas. O más los problemas. Pero ni así. Seguro que luego sentías allí el fantasma del carajo. Donde muere una cosa queda el fantasma. La seguirías sintiendo ahí aunque no la tuvieses. Y seguro que sentías la inflamación igual. Con la diferencia de que no la podrías aliviar. Sería una tortura aún peor. Como me pasa a mí con esta mano que me falta. ¿A que no se nota que es de plástico? ¿A que parece como la otra, eh? Alemana. Las manos alemanas son las mejores, las hay también americanas e italianas. Las americanas no valen para nada, además no igualan bien el color. En el catálogo tenían también una mano negra. Para negros, claro. La dejaban más barata, pero para ir llamando la atención... Y luego están las italianas, muy bien acabadas, pero son como de mujer, las hacen pequeñas, y como la mano que me queda, la mía, es más bien grande, pues cogí una alemana, que me emparejaba mejor. Esta marca es muy buena, se llama *Die gut hand*. Era más cara, pero mi madre dijo «nada, muchacho, siempre te enseñé a lavarte las manos y a llevar las uñas cortadas, así que ahora quiero que sigas pareciendo mi hijo». Y me la compró. Y estoy contento con ella. No es como la de verdad, claro. Si pienso en ella se me acuerda y tengo como añoranza de ella. Si fuera hoy, me la volvían a pegar, pero hace doce años, nada. Además, que si pierdes una mano en alta mar, como me pasó a mí, hasta que llegas a puerto no hay manera. A veces siento que me pica, aunque me falta. Ya me lo dijo el médico: «Va usted a seguir notándola ahí, como si siguiese estando. Le va a doler a veces, le va a picar... como si siguiera teniéndola. Es el fantasma de la mano, que no se va.» Menos mal que el fantasma me deja tener la de goma en su sitio y no le parece mal. El fantasma es como la memoria de la mano. Cuando pierdes una cosa, en el sitio te queda la memoria. La memoria es como la mano postiza. Una prótesis, le llaman. Pues eso. Dios santo, qué complicado es vivir. Menos vida, más memoria. La memoria viene siendo la muerte, pero la vida es una cosa que estalla en todas direcciones, y no hay manera de recoger los pedazos, que escapan cada uno por su lado. Uno no sabe qué elegir. Las únicas cosas ciertas son el paso del tiempo y el Sacamantecas, que no se va, que está siempre ahí. Eso lo sé muy bien por los sueños. Ya no me gusta ni quedarme a dormir en casa por lo de los sueños. A veces no sabe uno cómo conserva la cabeza en medio de la vida. Y los niños, sí, los niños. Ésos no sé cómo no se vuelven locos. Que si el padre, que si la madre..., qué sé yo. Y venga frustraciones y traumas, eso lo he estudiado yo en un libro, en la infancia es cuando más traumas y frustraciones hay. Se dan así, como una piña, a montones. De los niños nos ocupamos muy poco. Yo a veces escribo cosas, sobre todo cosas de filosofía. Tengo una libreta llena de cosas de filosofía que se me ocurren a mí en la cabeza. Y también pensé yo que habría que hacer más por los niños, y escribí cosas para niños. Por ejemplo, historias, cosas y cuentos. He escrito la Biblia entera para niños en versos pareados, «Caín y Abel miraban para él. Pero a uno quería mal y al otro quería bien», y así toda. También la Guerra de Troya, y las aventuras de Ulises, el rey de los griegos. Y cuentos, la vida de Rosalía de Castro, una obra de teatro de aquel inglés que trata del príncipe aquel, que le matan el padre y él va y mata al padrastro y tal... Puf, tengo libretas enteras. Pero no sé si tendré quien me publique tanta cosa. Si conociera a un editor le contaba la idea, yo tengo muy buenas ideas. Lo que pasa es que puede que no le interese. Lo más seguro es que no. Como hay otros más famosos que yo... Hay un chaval aquí del barrio, que le llaman Roque Morteiro, que trabajaba primero de camarero y luego sacó una novela de policías o de aventuras, no me acuerdo bien. Debió de tener algún enchufe para que le editaran la novela, tengo que hablar con él un día. Precisamente una cosa que tengo escrita es sobre los tipos que he conocido que tenían el carajo más grande, se llama *Carajadas.* Uno era un fulano que la tenía gorda como un pote de «Eko». O de «Neskuik». Necesitaba las dos manos para cogérsela. Cacho bicho. Como un bote de «Eko». Otro era un tío que la tenía larga como un salchichón «Revilla». Se llamaba Francisco, y era de Coruña. Cobraba por enseñarla y como siempre había gente que no se lo creía cuando se lo contabas, pues aquello era un negocio para Francisco. Le decíamos «a ver Francisco, saca el Revilla», y él decía, «primero sacar los cuartos». Nosotros poníamos los cuartos, un duro por barba, y él sacaba el carajo y lo posaba en la mesa. Como un «Revilla». Y mientras todos miraban con la boca abierta, él iba recogiendo los duros. Pero lo más triste de este muchacho es que les tenía miedo a las mujeres. Mira tú, con el éxito que podía tener, porque siempre las hay muy salidas, que quieren más material, y el caso es que él les tenía miedo. Resulta que de pequeño un tío suyo, que estaba operado de ahí, le había contado la historia de que yendo por un camino tropezó un día con una hada. Una hada es una mujer de pelo rubio y ojos claros que vive en una fuente o en unas piedras viejas. Pues tropezó con una hada y la hada le dijo que si él quería pues ella también. Y, claro, el tío primero se quedó algo frío al verla, pero luego se fue calentando. Y fue a casa de la hada, que vivía en una cueva en el monte, y lo hicieron. Ella le dio luego una moneda de oro y le dijo que por nada del mundo se lo dijera a nadie, que si lo hacía y ella se enteraba lo iba a castigar. Pero él no hizo caso y anduvo por allá por la aldea contándoles a todos la aventura. Días después volvió a aparecérsele el hada en el camino y le dijo que fueran otra vez a hacerlo. Y fueron. Y cuando estaban en medio de la función y más entusiasmado estaba él, va ella y le dice «¿no te dije que si lo decías te iba a castigar?». Y en ese momento sintió como si tuviera dientes en el chocho y se la mordiera. Y así mismo fue. El pobre hombre llegó sangrando a la aldea y allí lo curaron. Mira tú qué historia. ¿Quién cree una cosa así? Pues ese pobre Francisco, como se la contaron de pequeño, cogió miedo y ya no quiso saber nada más del asunto por culpa del tío. Se le debió cortar el sexirritmo. Hace un par de años me lo tropecé un día, estaba gordo y calvo, y le pregunté «¿qué hay, Francisco?, ¿aún no la has metido en el horno?». Y me dijo que no, que le daba reparo. Eso se ve que fue un trauma. O una frustración. El caso es que los hombres somos pocos inmunes a los traumas. Tenemos muchos problemas y complicaciones. Por culpa de tanta obsesión como tenemos no valemos para la cosa. No tendría que ser así, pero es.

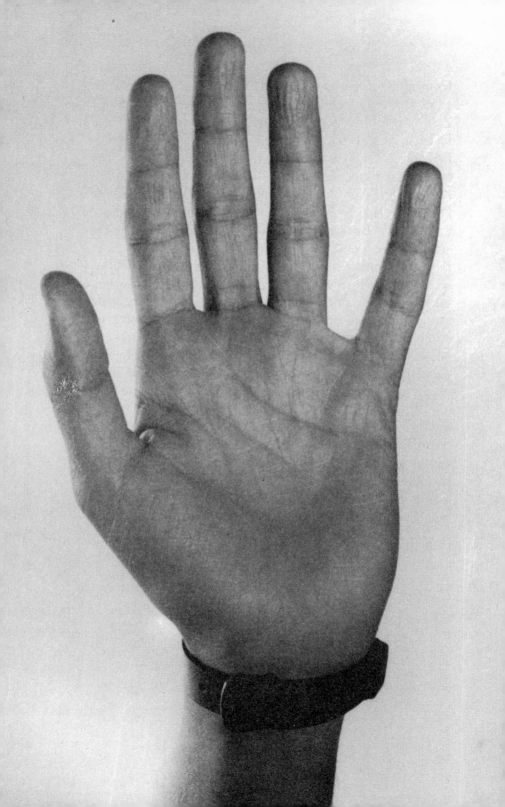

FOTO

Éste de aquí es mi primo Fernando, que fue el que murió en Bilbao; cayó de un andamio abajo. Y este otro es Nucho, que está de guardia civil en Barcelona y se casó allá con una sevillana. Ella es muy guapa. Esta foto me la hicieron el día de la boda de un sobrino, de Paco. Esta que está aquí toda guapa es una que era de la familia de la mujer. Me parece que se llama Amparo. Esta chica, ¿no es verdad que es muy guapa?, pues esta chica tuvo muy mala vida. Se casó con un desgraciado que le dio muy mala vida. Después resultó que se lo mató un hermano, un hermano que luego se colgó y no sé más cómo fue. Una desgracia. Ella ahora está casada con un viajante me parece que es. Y parece que le va muy bien. Y mira aquí a Nano con traje y corbata. Menudo hijo me salió. No sé qué va a hacer cuando yo falte. Esto fue por el santo de mi hermano José, que también celebraba el bautizo de su hijo pequeño, el Andrés. Andresito está ahora hecho ya un mozo. Era un niño muy bonito, gordito todo él como un bollo de pan. Hay que ver cómo pasan los años. Una se da cuenta cuando mira fotos. Sólo faltan unos meses para que coja la jubilación. Si pudiera seguía, pero ya no ando como antes, una va perdiendo, perdiendo. Nos hacemos viejas.

AAAH

–Uuuum.
–Ah.
–Uuum. Mmm.
–Así.
–Ay. Mmm.
–¿Te gusta?
–Mmm. Sí.
–Auum, qué bien. Aah.
–Mmm.
–Grrr, grrr.
–Uuhuuuh. Qué gusto. Uumm.
–Aaah, aaah, ahaah. Toma, toma.

—Ouuh, uuumm, mmm. Me estás matando, mmm. Qué bien, mmm.

—Aaah, ahaah, toma, aah, toda, aah.

—Ayyy, ayyy, augh. Que me matas. Uuuuum. Me matas.

—Aaah, ahaaah, me mueroooo, aaah.

—Auh. Ummm.

—Me he muerto.

AMOR VERDADERO

Era tan feliz que casi daba saltos por la calle. Era tan bonita. Casi no podía creer que él le gustara a ella. ¿Lo querría? Puede que sí, por lo menos le gustaba. ¿Pero estaría enamorada de él? Desde luego, no como él lo estaba de ella. Él daría su vida por ella. Si ella lo pusiera a prueba, haría cualquier cosa. Cualquier cosa, lo que ella le pidiera. Lo que fuera, tirarse al mar, tirarse al tren o cualquier cosa. La defendería de quien fuera. Si la quisieran atacar, una pandilla por ejemplo, aparecería él, pin, pan, patada va patada viene, coge un tablón tirado, pamba, pamba, leña, vía. Le arrearía a quien hiciese falta. Cómo la quería. Y él le gustaba a ella; casi no podía creérselo. Ya no podría ser más feliz que ahora en toda su vida. Ella era tan pura. Parecía un hada sacada de un cuadro, con su melena larga cayéndole por los hombros y por la espalda, como si estuviera rodeada de una luz dorada o algo así. Ana era como un poema. Le haría un poema. Un poema que hablara de su pelo de oro, de sus ojos verdes como algas, como las hojas jóvenes de un limonero, de sus labios colorados como las manzanas maduras que piden ser mordidas, de sus pechos, de sus pechos, aah, cómo la quería. Era tan linda y pura. Hoy le pediría un beso. Era tan feliz que casi pegaba saltos por la calle.

AAAH

–Toma. Así, sufre. Goza, cabrona. Así, así. Toma, toma. Toma más. Te gusta, ¿eh?, te gusta. Pues toma. Toma. Así, así. Aguanta ahí. Qué, ¿eh? Sufres, ¿eh? Toma, cabrona, ay. Aah.

–Ayy, por favor. Me matas. Ayy, por favor. Que me destrooozas, ayy, no puedo más. Me deshaces, me matas, aah. Qué me haces, que me matas, aah. Así, más, toda, toda, acaba conmigo, aah. Me matas, aah.

MUÑECA

Éste es un cuento que sucedió cuando andaba yo embarcado en el Gran Sol, porque pasé una marea allí. Fue allí donde perdí la mano. Es una anécdota que me sucedió y que le hace cavilar a uno en que las personas somos todas muy complicadas y somos muy difíciles de entender. A veces deberíamos hacer más esfuerzos para comprender a nuestros semejantes, que son las demás personas.

Andando embarcado se hacen muchas tonterías. Eso fue cuando llevábamos ya una semana a bordo; ya llevábamos una semana balanceándonos y las olas golpeando en la borda esparciendo salitre. Golpeaba el Nordeste. Y fue cuando Eladio el de Camariñas sacó la muñeca. Abrió la maleta y sacó unos plásticos plegados pintados de colores, y sacó un fuelle de esos de hinchar con el pie colchonetas de playa; lo enchufó y se puso a hinchar los plásticos. Y fue hinchando la muñeca. Todos nos reímos con la ocurrencia. Al mar siempre llevamos revistas de putas. Pero él luego dijo que echar un polvo con la muñeca, cien duros. Uuuh, dijimos todos. Pero hubo uno que ya se los dio en aquel momento, Paco da Serra. Ése era más bruto que el carajo. La agarró y se fue a su rincón con ella. Nosotros mientras tanto nos reíamos de él y lo animábamos, hala, Paco, que se te ha abierto de piernas, dale, Paco, que tiene ganas, y así. Pero luego él volvió con cara de satisfecho y le devolvió la muñeca a Eladio, «ahí la tienes. Reíos, reíos, que yo ya he quedado a gusto», y le pagó los duros. Eladio nos preguntó a los demás si alguien más la quería. Le dijimos todos que no, y entonces se fue a lavarla y a sacarle el aire.

Luego, poco a poco, fueron pasando los días y todos nos fuimos animando; estar todos allí a bordo, cerrados sin poder salir y tal, ya se sabe. Andando embarcado se hacen muchas tonterías. El caso es que todos nosotros fuimos pasando por la Mari. El nombre se lo puso Eladio. Y un día, estaba yo delante, acababa de llegar de trabajar en cubierta, y el Petete va y le dice a Eladio que se la compra, que la quiere para él. Y el Eladio le dice que no está en venta, que él le saca más cuartos así. Él dijo: «Pídeme cuartos.» Y va Eladio, que es un ladrón de carajo, y le dice veinticinco. Por veinticinco mil, ya me dirás lo que haces, la muñeca debe de valer cinco o diez mil. Pues le pidió veinticinco. Y va el Petete y se las da.

La gente pensó que Petete quería seguir con el negocio, pero yo ya me di cuenta de que no. Le pidieron para ir con ella, y él dijo que no. La gente pensó que quería hacer subir las ganas para aumentar el precio.

Pero no; yo ya me había dado cuenta de que no. El Petete le había cogido cariño a la muñeca. Éste era un tipo medio raro. Había estado preso por andar en líos de contrabando de las drogas y luego estuvo a punto de morir de un tiro que le metió un policía cuando quería atracar una farmacia. Es un tío de esos medio calamidad que va dando tumbos por la vida; hay mucha gente así. Y que conste que no era mal compañero, él hablaba con todo el mundo, aunque no daba confianzas, no era de los que hacían bromas, pero era buen compañero.

Y un día, cuando llega él de cubierta y mira a ver si está su muñeca, que la tenía guardada en su petate, pues va y no la encuentra. El hombre se puso desesperado, carajo. Todos lo tranquilizamos. Tranquilo, Petete, que seguro que la tienes en otro sitio, y así. Pero el tío estaba como loco, no escuchaba. Y en eso llega el mula de Paco da Serra con la muñeca y le dice riendo, fui a echar un polvo con tu novia. Va el Petete y rápido como una chispa, antes de que nos diéramos cuenta, saca la navaja de picar carnada y se la clavó tres veces. Carajo, nos tiramos varios hombres a cogerlo y todos fuimos necesarios para agarrarlo. Estaba loco. Mira tú qué tontería. Por una muñeca. Pero claro, las personas, ya se sabe. Cada uno es un mundo, y quién sabe los traumas y las frustraciones de cada uno. Además, que andando embarcado se hacen muchas tonterías.

La moraleja es: las personas somos bastante complicadas. Más de lo que parece.

(Seleccionado de la libreta de **NANO**, *Concierto para la mano izquierda*)

AAAH

Los dos mamíferos están anudados encima de la cama, el macho de rodillas detrás de la hembra, que está a cuatro patas. Él le frota el pene tieso en las nalgas y le coge un pecho con cada mano. Ella se retuerce en su posición y vuelve la cabeza atrás para buscar la mirada del macho. Se miran, y ella saca la lengua y la mueve. Él coge a la hembra por las nalgas y le introduce el pene, empieza a hacer movimientos rítmicos adelante y atrás, adelante y atrás. Ella se retuerce atrapada por los brazos del macho que la tiene cogida de los pechos, tiene los ojos cerrados. Él la agarra ahora por la cintura y le da golpes más violentos, tiene también los ojos cerrados. Se deja caer sobre ella y van cesando las sacudidas de la pelvis del mamífero macho. Quedan durante unos instantes anudados/abrazados uno encima del otro.

MÍREME

Yo querría que me mirase, doctora. Por ver si estoy limpia, doctora. Que mi marido anda con una cerda, doctora, y luego viene junto a mí, doctora, y no quiero yo. Que yo soy limpia y tengo miedo de coger una enfermedad, doctora, que mi marido es muy cerdo. Por eso quiero que me mire, doctora, que nunca tuve ningún mal ahí, doctora, y no querría ahora coger cualquier cosa, doctora, que mi marido viene conmigo después de andar con esa cerda. Yo no soy una marrana, doctora, y tengo miedo de coger cualquier cosa. Que un hombre va con cualquiera, doctora, hasta va con una puerca, que a una persona le da asco. Que cuando le echo de comer da asco verla, doctora, con un ansia que mete miedo. Que hasta creo que es el ansia esa lo que le gusta de ella a mi marido, doctora, que el hombre es como un animal. Y cuando los oigo en la cuadra, doctora, cuando la oigo a ella gruñendo de esa manera, doctora, me acuerdo del día en que parió y que luego se comió las crías todas, doctora. Que da miedo el ansia que tiene, doctora, que hasta devoró a los gorrinos. Y cuando la oigo gritar con mi marido en la cuadra, doctora, pues pienso en los gorrinillos que se comió. Y quería que me mirase, doctora, por ver si estoy limpia, doctora. Que hasta tengo miedo de que me pegue esa ansia o cualquier cosa, doctora. Ande, míreme.

BOTÁNICA MORTUORIA

La magra dieta de un viejo enfermo del cuerpo y de la mente ofrece continuas iluminaciones sobre la vida. Cuando va cediendo el efecto de los tranquilizantes, en esa fase en la que la mente se despereza y aún no se han apoderado de uno los delirios, justo cuando esto escribo, me parece sentirme inundado de sabiduría. Como si realmente todos los libros que he leído, todos los papeles que he escrito, o mejor todos los papeles y libros que viví y fueron, al cabo, mi vida, como si todo ese trabajo mortuorio me hubiese servido para comprender la vida.

Y con esa mirada iluminada por el efecto combinado de tranquilizantes y anfetaminas veo que la manzana que tengo para merienda de mi escaso apetito tiene un gusano. Y pienso en el gusano, y en si entró un día en la manzana o si ya siempre estuvo ahí. Pienso en si nacen las manzanas ya cada una con su gusano dentro.

Porque también yo siento dentro de mí un gusano que me va royendo lentamente y temo el día en que me perfore del todo y salga fuera. Tengo miedo de ver el rostro de ese gusano. Y me gustaría saber si ya nací con él, si ya nacimos cada uno con su gusano dentro de nosotros.

Verdaderamente, la observación de la naturaleza proporciona el verdadero conocimiento. Creo que voy a comer la manzana y también al gusano.

(Manuscritos de Isidro PUGA PENA)

ARS CISORIA

Sóplame en este ojo, que tengo una mota. / Esta carta la manda un fraile colombiano y debe dar la vuelta al mundo. / No te rías, no te rías, que va a ser peor. / El cielo no existe, pero el infierno sí. / Ahí viene la niña que vende caramelos en el semáforo. / Un sacrificio perpetuo para aplacar una voracidad sin fin. / Es que a mí el profesor me tiene rabia. / No dejes de hacer lo que se te pide en ella, y cuando la hayas leído, reza tres Padrenuestros y tres Avemarías. / Te he dejado la comida en el horno. / I'm spy. / —Se hace así. Despacito. —¿Y no duele? / Francisco Manuel hizo 27 copias y las mandó antes de los nueve días, e inmediatamente murió en Caracas un tío suyo que le dejó 25 millones. / ¿Es que no pueden atender a un espíritu deshecho, arrancar de la memoria un arraigado dolor, borrar de su mente las preocupaciones, o con algún remedio de dulce olvido limpiar su atareado pecho del veneno que oprime el corazón? / A ver si hacen de una vez. Que hacen que hacen, hacen que hacen y no hacen nada. En este país es siempre igual. / ¿Por qué en vez de cagarte en Cristo no te cagas en Dios, que mira qué vida le dio a su hijo? / Para serte sincero, soy bastante mentiroso. / Afiladooooor y paragüerooooooo. / Pipas, chufas y caramelos. Garrapiñadas también. / Te he de mandar crisantemos, carajo. Te los he de mandar recién cortados de debajo de un ahorcado.

LA *ILÍADA* PARA NIÑOS

Pues érase un rey a quien llamaban Menelao, que era rey de Troya. Éste ya de pequeño era caprichudo y quería todo cuanto veía. Culo veo, culo quiero. Todo para él. Pero, claro, no siempre puede uno tenerlo todo, y cuando no se lo daban, pues se echaba a llorar. Hala, venga a llorar. Pero no le hacía falta, que sus padres todo se lo compraban. «Que no llore mi chiquitín, que no llore.» Y así fue que lo malcriaron e hicieron de él un chiquillo caprichoso y consentido.

Y cuando fue mayor, le gustaban las mujeres y se tiraba a ellas como un perro. Bueno, esto ya lo veréis cuando crezcáis, ya iréis viendo cómo es la gente, que algunos son como perros. O puede que lo sepáis ya, porque hoy les cuentan las porquerías todas a los parvulitos en la escuela. Bueno, pues el caso es que este Menelao vio un día a una mujer que era muy guapa, que era una a quien llamaban Helena. Y va él y se encaprichó de Helena y la quería para él. «Ven conmigo, muchacha», le dice. Y Helena, que era algo coqueta, pero, cuidadito, que sabía estar en su sitio. Mírame y no me toques. Pues va ella y le dice que nanai, que ella estaba casada ya con el rey de los griegos, que se llamaba Ulises, y que nanai. Uy, la que armó Menelao, que tenía que ser y que tenía que ser. Y cogió y la raptó. Y ahí sí que la armó, porque aquello fue Troya. Y así empezó la guerra de Troya.

Claro, podéis suponeros cómo se puso Ulises cuando se enteró de que le habían quitado la mujer. Porque ya sabéis que hay un dicho que dice que no se presta ni la mujer ni la estilográfica. Y dijo Ulises «¡pues va a arder Troya!», y juntó un ejército muy grande, con soldados, barcos, catapultas, y toda cuanta cosa había y fue por Troya. A conquistarla.

Y allí llegó el ejército de los griegos. Pero la ciudad, porque Troya era una ciudad aunque tenía rey, tenía unos muros enoooormes, aaaltos y gooooordos. Y no había manera de entrar para conquistarla. Y, para colmo, Menelao se asomaba por encima de los muros y se burlaba de los griegos. Y éstos se ponían furiosos, pero nada podían hacer.

Y llevaban así varios años cuando un general de los griegos que se llamaba... Hostia, digo ostras, Ulises era un general de los griegos, que no era rey. El rey de los griegos era... era... Vaya, hombre, no me acuerdo ahora. Aquiles no. Pues nada, no me acuerdo ahora. Bueno, es igual, ya me acordaré luego. Pues resulta que este Ulises, que era un fulano muy maquiavélico y avisado, maquiavélico quiere decir astuto como el zorro. Sí, porque el zorro es muy avisado para robar gallinas. Avisado quiere decir que se da mucha maña, que es muy agudo, muy listo. Pues va Ulises y dice «Vamos a engañarlos. Eh, amigos, ¿por qué no hacemos un caballo de madera muy grande y nos metemos dentro yo y cien guerreros, y luego decimos a los de Troya que nos vamos, que no podemos conquistar Troya y que nos rendimos? Y cuando salgan de la ciudad verán el caballo, y seguro que les gusta y lo meten dentro, y, así, por la noche salimos del caballo y conquistamos Troya. ¿Eh? ¿Qué tal?». Y los otros dijeron que okey, que sí.

E hicieron el caballo y se escondieron dentro Ulises y los cien guerreros griegos y avisaron a los de Troya que se marchaban. Y así lo hicieron, recogieron el campamento, cargaron con las catapultas para que vieran que era verdad que se marchaban. No veáis lo contentos que se pusieron los de Troya cuando vieron que los otros se largaban. «Pues sí que se marchan. Era verdad», Menelao no podía creérselo. Y Helena digo yo que estaría triste, porque si Menelao ya era caprichudo antes, imaginaos cómo iba a ser después de vencer a los griegos. Lo que pasa es que Helena quizá también se había acostumbrado ya a vivir en Troya. O quizá tenía miedo también de que su marido, el rey de los griegos, ese que no me acuerdo cómo se llama, pensase que se había largado con Menelao por su gusto y quisiera medirle las costillas. Porque en los matrimonios a veces hay mucho machismo y malos tratos.

El caso es que los de Troya salieron fuera de la muralla y vieron allí aquel caballo tan grande y tan bonito y dijeron «Mira qué bonito. Se lo dejaron aquí los griegos. Se ve que no les cabía en los barcos de vuelta y se lo dejaron aquí». Y van entonces y lo meten dentro de la ciudad, que era lo que quería Ulises. «Venga, para dentro.» Y después, pues los de Troya armaron una juerga de miedo porque se había acabado la guerra. Y venga baile, y acordeón, y venga vino y venga empanada. Que si pago yo una ronda, que si paga Juan otra... y así hasta que ya no podían más. Y cuando estaban todos trompas perdidos, o sea que estaban ciegos y no veían, pues ya era de noche, salieron Ulises y los suyos y ya podéis suponer. Pues los conquistaron a todos. Y los detuvieron a todos, a Menelao también. Y cogieron a Helena y se quedaron con la ciudad.

Y así fue como ganaron los griegos la guerra de Troya. Y, como consecuencia, ardió Troya, y por eso quedó lo de «va a arder Troya, carajo», que quiere decir «aquí se va a armar una buena». Y después Ulises marchó para su tierra, que era una isla. Y así fue lo de la guerra de Troya. Y hubo luego un poeta que se llamaba Romero que contó la historia en verso. Y así fue.

Ah, ya me acuerdo. El rey de los griegos se llamaba Agamenón, era Agamenón. Ya me acuerdo. Esta historia la sé yo muy bien. A mí me gusta porque más o menos viene a decir que más vale maña que fuerza.

(De la libreta de **NANO**,
Las historias que más me gustan)

DERMATOLOGÍA

Hizo como si no oyera cuando le dije por primera vez que se bajase los pantalones. Tiene vergüenza de que le examine una mujer. Las piernas son delgadas y peludas.

—Los calzoncillos también. Tengo que examinarle el pene.

Ahora va bajando lentamente los calzoncillos. Están limpios. Tiene un pene largo y con un prepucio grande. Está inmóvil con las manos caídas a los lados y la mirada baja. Se siente incómodo con los pantalones bajos y mostrando el pubis.

Cojo una servilleta de papel y un bastoncito con los

extremos de algodón y me acerco a él. Él se mueve algo sobre un pie, y luego sobre el otro.

—Por favor, tire del prepucio hacia atrás para que pueda ver el glande.

—¿Qué?

—Que tire de la pelleja para atrás.

Lo retira con cuidado, con las dos manos, como si haciéndolo despacio demostrara mayor educación. Mantiene las dos manos agarrando el pene y me mira desde arriba, desvía la mirada hacia las manos y el pene.

Muevo el glande para un lado y otro con el bastoncito. Hay restos de esperma y de suciedad en la base; presenta ulceración y una herida con traza de pápula. Se ve la cicatriz de un chancro ya cicatrizado hace tiempo. ¿Será éste el marido de la otra? ¿Será el que anda con la puerca que devora la camada? Lo he visto en algún bar con otros hombres. Es un hombre joven y guapo. ¿Será posible que monte a una puerca? ¿Cómo son los hombres, qué los mueve?

—Doctora.

¿Qué es lo que mueve a los hombres? ¿Qué es lo que les lleva a montar a una mujer o a una puerca? ¿Es la misma cosa lo que los mueve en ambos casos? ¿Cómo son los hombres, qué los mueve?

—Doctora.

—¿Qué?

—¿Tengo algo?

—Ah, sí.

Me levanté y tiré el bastoncillo y la servilleta en la papelera con tapa de pedal.

Volví al escritorio.

—Tiene una pequeña infección provocada por bacterias. Probablemente de alguna relación que tuvo con otra persona, o lo que fuese, que no estaba limpia. Le voy a dar una pomada. Póngasela ahora. Le daré también un pase para el especialista. Va a ir a un dermatólogo para que lo mire bien. Ya puede subirse los calzoncillos y el pantalón, que va a coger frío.

—Sí, señora.

Dio la vuelta con un gesto de pudor, el faldón de la camisa le tapaba las nalgas, y se subió la ropa despacio.

ARS CISORIA

Un accionista mandó 27 copias y recibió 270.000
ptas. / El general Rospiito en Filipinas perdió a su mujer
a los siete días de romper la cadena. / Hay hamburgue-
sas de carne. / Bienaventurados los que sufren. / Tú eres
distinto. Tú no das, tú quitas. Podría amarte hasta morir.
/ Más tarde envió 27 copias y con gran ilusión encontró
a su mujer sana y salva, a pesar de estar retenida por
unas fracciones político-terroristas de allí. / Mac, ¿nunca
has estado enamorado? —No, fui camarero toda la vida.
/ Si lo que quieres hacer es blasfemar, hazlo bien. No
apalees a la víctima, álzate contra el verdugo. / Ponte
delante, ponte del revés, sin mover las manos, sin mover

los pies. / Ahí te queda el almuerzo preparado. Cierra bien la puerta al marchar. / ¿Ese olor a crecepelo? / No hay belleza, sólo muerte y descomposición. / Hermosa a los ojos del Señor es la muerte de los justos. / Observa tu suerte durante los 24 días siguientes a aquel en que mandes las copias, confía en el Señor de todo corazón y te saldrá bien. / No sé si te he contado ya que puedes engañar a todos, a no ser a los ciegos y a los sordos. A ésos sí que no, porque no se dejan. / ¡Afilo cuchillos, navajas y tijeraaaas! / No me acuerdo ahora de la canción esa de los niños muertos. No me acuerdo ahora. / Quiero darte de comer de mi mano. Quiero darte de comer de mi boca. Para que me quieras y me sigas a todas partes. / Tú manda las copias y en 24 días recibirás una sorpresa agradable. Está comprobado. Pero no la tengas más de 9 días. / Era tarde, fui al cine sin ti. /

MY SEX
(UNA PIEZA EN FORMA DE PERA)

Muevo la mano, despacito, muevo la mano, despacito. Ahí viene, ahí viene. Aaaah. Tapo la cabeza con la mano, aaaah, aah. Ya está. It is a consummation devoutly to be wish'd.

Abro los ojos y miro la mano cerrada con fuerza en torno de la punta. La retiro con cuidado y la abro haciendo embudo. Poco a poco el moje desciende por las arrugas, por las rayas, la de la vida, la de la fortuna, la del amor. Estiro el brazo y considero la sustancia inmóvil que encharca el hueco de mi mano. Whether't is nobler in the mind? Tiene la apariencia triste de la leche condensada, pero yo sé que no sabe dulce, que sabe amargo. Acerco la mano a la nariz y olfateo ese aroma engañoso a mar, qué falsos mares nos habitan, qué siniestro océano es ése del que arrancamos esos ríos invertidos que nos recorren los vientres dejando en nuestros pubis olores batiales. Miro en mi mano ese mensaje en movimiento escrito millones de veces, millones de veces, la vida es implacable, la vida es implacable, la vida es implacable. Y nada puedo. Nada puedo contra estas órdenes que tiranizan tan dentro. Tan dentro dónde. Y notas la señal, ahí está vibrante, una pequeña descarga que te hace cosquillas y sabes que quiere más, que tiene ansias otra vez y que no puedes hacer nada, que luego se va a hacer más intenso y te va a gobernar la mano y cogerás de nuevo ese muñeco ciego que siempre te guía hacia delante hacia delante hasta encontrar un escondrijo y tú no se lo quieres dar, por eso lo engañas, ven, escóndete en la mano, ven, bonito, ven, esta mano te quiere, y no tendrás más remedio que darle todo el cariño que tienes hasta arrancarle torpes vómitos de hartazgo, it is a consummation deboutly to be wish'd. Y alelado notarás nuevamente un hueco donde te robó, otro hueco. Y estará ahí otra vez este mensaje, el mismo mensaje que tienes en la mano y que consideras. Pero no le voy a dar curso, ni siquiera por el váter. Así que coges la tostada de pan de encima de la mesa y extiendes en ella la sustancia que te cuelga de la mano, la extiendes bien y frotas la mano. Ummmm, ummm. Notas ese sabor frío. Ese frescor que baja de vuelta, muy adentro, atravesando la superficie de ese piélago, plush, y descendiendo capas abisales, batiales, hasta posarse en el fondo. Ese fondo del que ya me llega una señal. No. Otra vez no.

(Extraído del manual «Conócete a ti mismo:
¡La autosuficiencia!», capítulo III,
Trabajos manuales, de **M. W. WILLIAMS**)

MANO MUERTA

Primero había empezado a sentir como un picorcillo, casi nada. Pero luego le dolía ya. Cuando se quitó la mano de goma, vio que le estaban naciendo otra vez unos dedos. Asomaban un poco del muñón del brazo.

Se le ocurrió decírselo al propietario de la tienda de ortopedia donde había comprado la mano. «¡Ah, eso pasa a veces! No se preocupe, que ahora se lo arreglo.» Sacó de debajo del mostrador una tabla de madera, le cogió la mano y se la puso encima. Luego sacó, también de debajo, un gran cuchillo y le cortó los brotes de los dedos. «Ya está. Ahora, hay que vendarla. Dentro de una semana puede ya ponerse otra vez la mano ortopédica. Y si hiciera falta otra vez, no dude en venir. Ya sabe, con toda confianza.»

Hacía ya dos meses de eso. El picorcillo volvía a sentirlo desde hacía dos días. Pero no tenía ganas de volver a la tienda.

(De la libreta de NANO, *Sueños y ocurrencias*)

PROMETEO SE ENFURECE ANTE LA NEGATIVA DE ZEUS A CONCEDER EL FUEGO A LOS HOMBRES PARA ALCANZAR LA CIMA DE SU CIVILIZACIÓN

—¡Cagoendiósss!

ARS CISORIA

Son palabras feas, son palabras malas. No se deben decir. / Y hazlo como hay que hacer las cosas, a conciencia. Cágate en Dios al saludar al día, antes de cada comida y una vez que hayas acabado de rezar las oraciones antes de acostarte. Hazlo con método y sistema. No lo olvides. / La sabiduría grita por las calles y nadie repara en lo que dice. / Da tu corazón a los niños muertos. Dáselo para que te lo estrujen, te lo retuerzan, te lo corten y te lo hagan picadillo. Dáselo y verás. / Haré lo que pude, pero sólo la muerte te salva de la vida. / Jesús del Huerto, por tu mediación te pido que me ayudes a superar estas crisis de mareos y de nervios. / No son para ser leídas por los niños. / Mascarita, ¿me conoces? / Sexo por cariño, saliva por lágrimas./ Piruri piruriruriii, ¡Capadooooor! / Andrés Serrer recibió la cadena y no creyó en ella; la tiró con desprecio y a los nueve días falleció su mujer con su hijo en las entrañas. / Hay bastantes situaciones a lo largo del día que pueden ofrecerte ocasión de mentar su nombre. Se puede decir que cualquier ocasión es buena para cagarse en Dios. / Escupe eso, escupe eso de la boca. / ¡No sufra más, deje lo que esté haciendo y venga a la carrera! / ¿Por qué me dejaste por otro más guapo, más simpático, más cariñoso y más inteligente? No lo entiendo. ¿Por qué? / Enjoy! / Neurosis, depresiones, stress, disfunciones sexuales, Tf. 592112. Dra. Carmen Castiñeiras. / Como vuelvas a decir palabras feas te lavo la boca con jabón. /

DESEO (DE PUTA)

Aaah, zorra, la pureza del deseo más puro, más animal. Ah, puta, la esencia del deseo puro, abstracto y animal. Ah, putón mío, mi amor, el deseo de la pureza más animal, más esencial. A ese gesto irresistible de perra, a esa sonrisa obscena de churriana, contesta un pequeño arabesco caliente que se mueve en mi vientre. Hostia, deja que te agarre, deja que te coja por banda, cabrona. Cagoencristo, cachoputa, esas tetas ceñidas por la blusa hacen que me bailen los cromosomas riéndose de mí como locos. Cómo te quiero, puta. Corasón, mi amor puto, mi amorcito. Anda, cielito bonito, deja que te acaricie. Qué pelito bonito tienes. Me gusta tan ne-

gro. ¿Te lo tiñes de negro, o es su color propio? Cora-
sonsito lindo, putita mía. Cuánto me gustas, cuánto te
quiero. Te quiero demasiado, no tenía que quererte
tanto. Anda, amor, quítate de puta. Ven conmigo. Sé
puta sólo para mí. Sólo para mí.

Espera un poco, que el rey de los griegos no era Agamenón. Ése era otro general. Quien era rey de los griegos era Príamo. Sí, hombre, ahora me acuerdo. Me equivoqué yo antes. Como los griegos tienen todos unos nombres parecidos... Era Príamo. Lo que pasa es que éste era primo de Agamenón, como su nombre indica.

También está la aventura de Ulises, pero ésta no la he escrito aún. ¿O Príamo era el rey de Troya? Ay, que no me acuerdo.

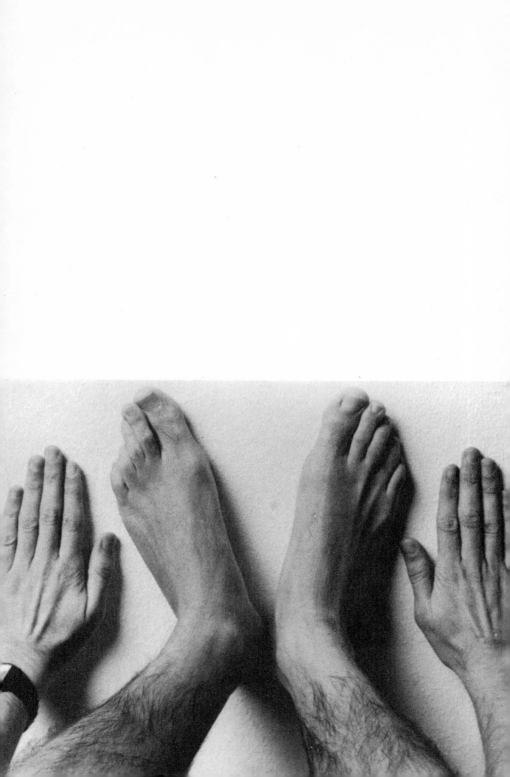

CONDUCTOR

Soy conductor, conduzco mi coche, driving my car, driving my car, voy por la carretera, this is my road, paso zumbando, driving my car, zumbandooo.

Llueve on the road, llueve fuerte on the road y en el paisaje, los limpias no dan abasto quitando agua del cristal porque la hard rain is falling is falling is falling down y me cruzo con una vieja encorvada y descalza que habla sola y lleva un burro cogido de una cuerda en dirección contraria y yo no sé qué pequeño infierno lleva en la cabeza aquella vieja de cabeza mojada y mirar obstinado ni quiero saberlo por eso voy atento a la conducción, porque soy conductor, conduzco mi coche, la vieja queda atrás, driving my car, driving my car.

CUARTO MISTERIO DOLOROSO
USURA Y ESTREÑIMIENTO, ASEPSIA Y ESTERILIDAD

Mira que cuando uno muere, allá se va todo lo que uno dijo, todo lo que uno caviló, todas las cosas bonitas y las cosas feas que se te pasan por la cabeza. Es una pena. Tendría que haber un archivo donde quedara guardada la cabeza o el alma de cada quien. Hoy hacen milagros con tanta técnica como hay, si quisieran metían el alma de una persona en una miajita así que le llaman chipe y luego se guardaba todo en un almacén. Por ejemplo, coger una montaña, es un decir, el Pico Sagro por ejemplo, y perforarlo todo por dentro y meter allí todo cuanto chipe haya con alma. Millones de chipes. Y luego, muere uno y lo meten en la sepultura, y luego viene un pariente o un hijo, o la nieta, y quiere saber, ¿cómo era ese fulano?, pues van y le dan a un botoncito del ordenador y sale allí tu alma y puedes estar un rato oyéndola hablar. Así uno podría conocer verdaderamente a un antepasado, y de ese modo podíamos conocernos mejor a nosotros mismos. Porque hay muchos casos en los que un trauma o una frustración o una manera de ser ya nos vienen de alguien que vivió antes que nosotros y que nos lo pasó. ¿No es verdad? Positivamente, esas cosas están demostradas científicamente. Eso podía tener muchas aplicaciones. Ay si yo pudiera conocer por ejemplo a mi padre. Quiero decir a mi padre, padre. Al que me hizo en mi madre. El que después se casó con ella, José, es también mi padre, porque me crió, pero yo quiero decir el que puso la simiente. Hablo de don Isidro Puga Fernández, un médico muy famoso entonces. Hoy nadie se acuerda de él, claro. Fue el padre de don Antonio Puga Pena, ese señor que era profesor y filósofo, que se volvió loco y lo metieron en el sanatorio del doctor Deus Figueira, el médico de los nervios. Ese señor era un filósofo que vivió en Lugo muchos años antes de venir para aquí. Pues ése. Ése y yo creo que somos hermanos por parte de padre. Isidro, el padre, debía ya de ser mayor cuando le hizo el hijo a mi madre, ya debía de tener casi sesenta años y ya tenía a ese otro hijo, don Isidro, que tendría treinta y tantos. Calculo yo. Así que ese señor, mi hermano, me lleva a mí treinta y muchos. Pero debía de ser muy cabrón el don Isidro, el padre quiero decir, porque abusó de mi madre, que era muy joven entonces, y además le hacía falta el trabajo, que ella estaba sirviendo en su casa. A mí ella nunca me lo contó, pero lo sé porque me lo contó mi tía Milucha, la que tiene el bar de la estación de autobuses. Ella estaba en la cama enferma porque padecía mucho de catarros del pecho, y él la fue a ver, claro, que era el médico y ella estaba sirviendo en su casa. Y fue y le hizo un hijo. O sea, me hizo a mí. Los hombres son como perros. Son capaces de tirarse a una puerca si no tienen otras cosas a mano. Unos cerdos. Hay cada mierda de tío... Ser hombre es como una enfermedad. Eso es lo más triste. A veces se pregunta uno en la vida, ¿para qué carajo hemos venido al mundo? Que es duro, eh. Que es duro llegar a preguntarse eso. Tanto más si sabes que estás aquí por culpa de un cabrón que le hizo una cabronada a tu madre. Porque una cosa es ir con el hombre que tú quieres y otra cosa es abusar, eh, y otra cosa es abusar. Así que yo soy una cabronada que le hizo aquel cabrón a mi madre. Si lo piensas es duro pensar que eres una cabronada. La vida es una cabronada, te lo digo yo que ya tengo unos años. La vida es una lucha. Y quien no bebe sangre muere de hambre. Yo no, eh. Porque yo me dejo estar quieto aquí sin molestar a nadie y nunca me llevó la idea de trabajar ni de hacer nada. Hombre, algo trabajé, que aún hice una marea en el Gran Sol, aunque aquello sí que es trabajar, días y días, semanas, casi sin dormir, venga a echar carnada, «¡Arría caballa, chaval!», me decían, y yo venga a arriar caballa. Venga a recoger pescado, venga a recoger. Y siempre mojado, y casi sin dormir. Allí fue donde perdí la mano, que me la pilló una máquina que tiraba del cabo, y cuando me quise dar cuenta allá va, visto y no visto, Evaristo. Fue en los jureles. Aquello es duro, coño. Y todos los hombres encerrados sin ver mujer. Sólo uno, que tenía una muñeca hinchable. Eso sí que es duro. Tengo escrito algo de mi experiencia en una libreta. Lo que pasa es que no conozco a ningún editor. Además, seguro que prefieren editarles a otros más famosos. Y seguro que si llego con mis libretas a una empresa de ésas seguro que se ríen de mí. Como no tengo estudios. Y eso que lo que escribo yo tiene mérito, porque además de ser literatura está escrito con la mano izquierda, que tiene más mérito. Que me costó mucho trabajo aprender a escribir con la mano izquierda y las cosas que se escriben con la mano izquierda parece que son más verdad. Porque, quieras o no, las tienes que pensar más despacio y es como si las hicieras más adrede. Una cosa que se escribe despacio y con la mano izquierda tiene más peso. Y más valor, porque cuesta más. Ya sé que mis cosas seguro que no van escritas como si las escribiera una persona con estudios y con la mano derecha, pero en lo que yo he escrito hay mucha filosofía y mucha mundología. Porque yo no habré trabajado en muchas cosas, sólo trabajé unos años de camarero, un par de años en una fábrica de chocolate y luego así alguna cosa más, de recadero con una carretilla en una droguería y alguna otra chapuza de vez en cuando. Pero aunque no tenga mucha experiencia, tampoco me casé, ni tengo hijos ni eso, pero aunque no tenga mucha experiencia yo veo muy bien lo que hacen los demás. Y voy aprendiendo. Mira, hay gente que hace y hace, y no aprende. Porque están ellos tan concentrados en lo que están que no ven lo que hacen. Como si dijéramos, no las piensan. Pero yo veo lo que hace la gente, los veo hacer y aprendo. Si un día quisiera ser yo, y hacer cosas, entonces ese día sería lo máximo. Lo máximo. Porque yo tengo mucha mundología. Mucha. Lo que pasa es que pasan los años y ya se sabe, nadie es inmune a los años. O sea, inmune, que no te hace daño. Ya sabes cómo es con los años y con el paso del tiempo, que lo va desgastando a uno. El tiempo mata. El sexo y el tiempo son enfermedades, pero el tiempo es la peor. Peor aún que el sexo. Hay quien dice que le gusta matar el tiempo, pero yo me río, el tiempo no hay quisque que lo mate, es el tiempo quien te mata a ti. Tú mira que ni Cristo pudo con él, y cuando le llegó la hora pues no pudo hacer nada. El pobre hombre aún llamaba por su padre y le decía «¿y por qué me has abandonado?», pero el otro, nada. Y cuando llegó la hora, pues llegó. El pobre no sabía quién era el otro, pero yo sí que conozco a ese viejo asesino. Las horas matan, los minutos también. Matan menos, pero matan. Te lo digo yo, que lo vengo observando desde hace muchos años. Ya pronto hago los treinta y cinco. No, no eran treinta y cinco, eran cincuenta y cinco. ¿O eran cuarenta y cinco? Carajo, nunca me acuerdo, tengo que hablar con mi madre. Tengo mala memoria. Bueno, para algunas cosas. Porque para otras tengo muchísima memoria. Sé yo las vidas de todo Cristo. Sé yo las vidas de todo María Santísima. Aquí, en esta cabecita, tengo yo el mundo. Y no soy tan tonto como dice la gente, que porque no trabajo ni hice familia y porque me gusta echar un trago de vez en cuando, un vinillo que otro si hay quien invite, pues ya piensan que uno es tonto. Si no eres como la gente quiere que seas, pues ya está, ya eres un bicho, o un tonto. Hay mucha burra pedorrera. Y yo de tonto no tengo un pelo. Además que si no trabajo es también porque perdí una mano, o qué carajo. Y ni trabajo ni pido limosna, que no me hace falta, que rico no seré pero para un vino y un paquete de tabaco aún voy teniendo. Además, tampoco me voy a poner a pedir con una mano de goma, que hasta habría gente que pensaría que estoy de coña. Ya hay gente que piensa que estoy de coña cuando me presento: «Me llamo Nano, y aquí tiene usté mi mano», y le ofrezco la mano. Y además que si don Isidro, el hijo, me refiero a don Isidro Puga Pena, pues si don Isidro fue profesor y filósofo, además me parece que escribió libros y todo, pues si don Isidro fue filósofo, ahora ya no, que ahora está mal el pobre, lo internaron en un sanatorio de los nervios me parece que en el del doctor Deus Figueira. Por lo visto se volvió loco. Aún me dijo el otro día uno que trabaja en el psiquiátrico que está casado con una cuñada mía, que por lo visto se quitó los ojos. Terrible. Tremendo. Eso es una cosa tremenda. Dios mío, mucho puede enloquecer la cabeza de una persona. No somos nada. Sobre todo si la cabeza se te revuelve contra ti. Si no mandas en el carajo, entonces, malo. Pero también que si no manda uno en la cabeza, entonces nada. Entonces uno es una poca carne sin gobierno. Hay que tener control. Siempre. Así me lo decía mi padre. El don Isidro no; ese cabrón, nada. Me refiero al padre, al padre de don Isidro, el que está enfermo, y mío. El que me decía lo de que había que tener siempre control era el que se casó luego con mi madre, el José. Fue muy buen hombre. Fue una pena que se abandonase tanto en la bebida. Si no llego a saber que no fue mi padre de verdad, pensaría que me venía de él este gusto por el ribeiro. Porque yo, sólo vino, que tiene vitaminas e hidratos de carbono. Mira, mira, si lo miras bien hasta parece que se le ven las vitaminas. Yo, de aguardiente o de bebidas blancas, nada. Yo sólo vino. Pero digo para mí, lo que estaba contando, que si don Isidro, el hijo, fue un filósofo, ¿si somos hermanos no he de tener yo entonces algo de su filosofía? ¿No he de tener algo de su inteligencia filosófica? Pues claro que sí. Digo yo. Además que somos algo parecidos, me fijé al cruzarme con él por la calle, que tiene la nariz como la mía, así afilada. Y las orejas, un poco para alante. Los ojos no, los ojos suyos son azules, que le vienen de su madre, que dicen que fue profesora de piano. Pero algo de la inteligencia debemos de tener a medias, digo yo. De todos modos, con ser gente rica, yo no querría nada con esa gente. Ya nunca nos trataron, que don Isidro, el médico, el que me hizo a mí, desde que mi madre quedó preñada ya no quiso saber nada del asunto y la echaron fuera. Le quería dar cinco duros, el hijoputa, a mi madre, pero ella no se los quiso. Ella se fue a la aldea, a casa de mis abuelos, sus padres, y me crió allí hasta los tres años, luego volvió a la ciudad, yo seguí allí hasta los seis años, luego volví para aquí. Mi madre se había casado ya con mi padre, el otro, el José. Yo, de la familia de mi madre tuve mucho cariño y comprensión. Dentro de lo que cabe. Y en cambio, de esa otra gente no saqué nada. Y a los niños hay que quererles, carajo. A los niños hay que quererles. Claro que peor fue lo de mi madre, ella era aún una moceta, que no había cumplido los diecisiete, creo. Siempre le quedó algo de cuando el viejo la forzó. Aún es hoy el día que a veces grita de noche como una loca, que la ataca un pájaro. Sueña con un águila que la ataca. Fue desde entonces. Eso se ve que quiere decir que el águila es el viejo. Un trauma que le quedó. Y yo no sé si mis sueños no tendrán también algo que ver con el viejo Isidro. Puede que el Sacamantecas ése sea el viejo. Parece difícil pero no es imposible del todo, porque, mira, yo creo que él a veces tiene tanta ansia por atacar a las personas, sobre todo a niños y niñas, que yo creo que toma forma de persona. Conste que alguna vez lo vi vestido de policía, y otra vez de capador, iba tocando el chiflo, y otra de obrero de la construcción... A lo mejor yo soy hijo del Sacamantecas. Lo que me da miedo es que me coja un día para matarme. Ése es el miedo. Aunque, claro, cabe la posibilidad de que todo sean imaginaciones mías. Es una posibilidad que tengo que tener en cuenta, pero yo, lo que es miedo, lo tengo. Y no me importaba tanto morir si sirviera para librar a toda la humanidad de ese final. Si mi muerte sirviera para algo. Después, la gente diría: «Gracias, Nano, por habernos salvado.» Pero a lo mejor acaba conmigo y no sirve para nada.

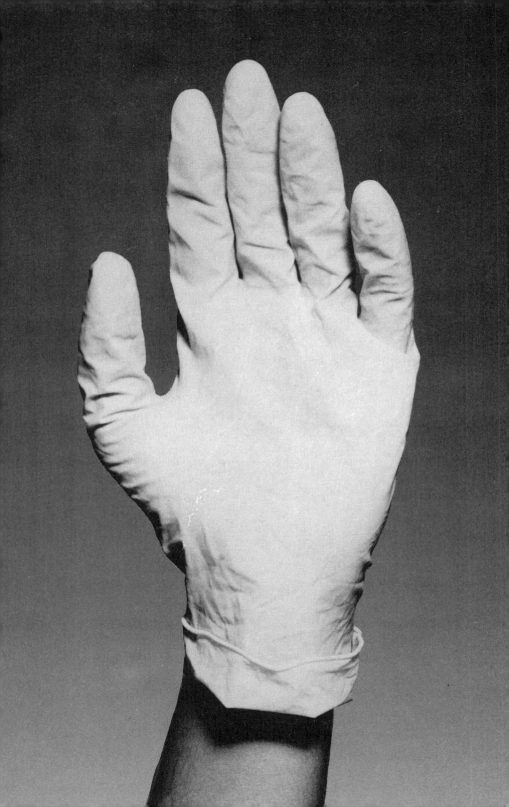

ESPÉRATE AHÍ

Espérate ahí, que ya voy. A ver esa niña, qué hace esa niña. Que no me entere yo, que no me entere yo. Ahí voy, ahí voy. No corras que voy. Ay, qué pillina, qué pillina es esta chiquilla. Ay, qué culo, qué culo le voy a poner. Ay, ay, ay, ¿qué hace esa chiquilla?, ¿qué hace esa chiquilla? Ay, que la cojo, ay, que la cojo. Que cojo a esta pillina, a esta pillina. Ay, ay, ay. Esta hormiguita, esta hormiguita. Aumm, que me la como, que me la como. Aumm, aumm, que le como una piernita, que le como una piernita. Ay, que se la como. ¿Le como la piernecita, sí? ¿Le como la piernita a esta chiquirritina que tengo aquí? No, que no se la como. No, no se la como, noooo. Mi pequeñita, mi pequeñita bonita. ¿Quién es mi nenita, eh, quién es mi nenita? Ay, cómo la quiero. Ay, cómo quiero a esta chiquirritina. Una chiquirritina, sí. Una chiquirritina. Mi rosita de pitiminí.

LOS ARTISTAS

¿Es el artista melancólico y de movimientos pausados pero tristes? Su vista resbala por las superficies, las caras y los objetos, sin reparar en nada ni en nadie, comido como está por una tristeza que lo devora por dentro. Una luz pequeña y fría, pero devoradora, que le resta energías para cualquier cosa que no sea la comprobación de ese menudo incendio dentro de él. Sus guedejas, sus cabellos revueltos así lo acreditan y el vuelo de su capa pide silencio a los que lo ven pasar.

¿Es el artista airado, y de él emana el vigor indómito de la furia en sus gestos? Sus ojos desbordan energía que concentra en una mirada fugitiva cuando la clava, apenas un instante, y vislumbras el furor de la rebelión más radical y el fulgor de las desnudeces más íntimas. Nada puede enturbiar la visión de ese paisaje despoblado, yermo de color ceniza que lleva en las pupilas. Su rostro contraído en perpetua tensión crea un campo de soledad alrededor de él, y la americana de grueso paño de espiguilla muestra a quien se acerca el rigor de su sentir y la severidad de su trato.

¿Es el artista cínico y con distancia se ríe de todo y de todos? Sus risas, sus gestos mediocres y vulgares destinados a abrigar de la mirada del ígnaro el brillo indudable que alberga en el pecho y que se desliza reptil para el ojo atento entre la palabra vana y el gesto mezquino que severa, amarga y ritualmente ejecuta. Se mantiene del aprecio de esos pocos que saben ver el fulgor áureo en la ganga y el dolor en la risa. La displicencia y el desgarbo en el fruncir la boca es el signo de quien sabe de la derrota antes de empezar la lucha y la ceja enarcada abriga una mirada sin duda amarga, aunque parezca cínica.

¡Ah, los artistas! ¡Casi siempre mártires, casi nunca héroes! ¡Golpean en el metal a altas temperaturas y no pueden arrancar de sí ese frío en los huesos! ¡Apartaos, son ellos quienes pasan! ¡No pongáis en ellos los ojos, tristes mortales! ¡Ay, Jesús, qué pena dan!

(De «Profesiones y salidas profesionales»,
A. CARBALLO)

MÁQUINA

Ésta es la «máquina del agujero redondo». Más exacto o científico sería llamarle del agujero circular, pero el caso es que se llama del agujero redondo, máquina del agujero redondo. Así son las cosas, que nunca, o casi nunca, son como deberían ser.

Viene a ser una caja blanca, probablemente de madera pintada, aunque puede que sea de lata o de cualquier otro metal pintado de blanco. Tiene un metro más o menos de altura, y una tapa circular de unos cuarenta centímetros de diámetro. Más o menos, claro. Delante hay una silla.

Ahora viene un hombre y se sienta en la silla mirando

para la máquina. Cruza las piernas y se pone a mirar para la máquina. Nada, no pasa nada. El hombre sentado da golpecitos con la punta del pie que descansa en el piso, tap, tap. Nada, sigue sin pasar nada. Ya no sé si pasará algo. Tal como va yendo la cosa... El hombre sentado se mueve en el asiento, parece que empieza a aburrirse. Ahora sí, está tanteando la tapa redonda, mejor dicho circular, y parece que la va a sacar. Sí, la ha sacado. Posa la tapa con cuidado encima y espera. Nada, no se ve nada ni pasa nada. Parece que está hueca, dentro se ve todo oscuro. El hombre acerca la cabeza al agujero y se asoma. Ay, qué susto. El hombre retira la cabeza rápidamente; del agujero salen dos manos y un pie que se agitan mucho. El hombre está de pie y parece que está cabreado por el susto que le ha dado la máquina. Sí, está cabreado. Coge la tapa y le arrea con ella a las manos y al pie que, poco a poco, se van ocultando allá dentro. Cierra la tapa. Está mirando para la máquina con cara de cabreo. De la máquina parece que sale una queja, sí, es un lamento como si fuese la queja de un perro o de un animalito así. El hombre le arrea una patada y la máquina se calla. Ahora no se oye nada, y el hombre sigue allí, delante, de pie, mirando para ella. Sí que está furioso. Ahora, el hombre se va, pero se detiene y se vuelve a mirar la máquina. Y se va. Definitivamente se va.

Hay que ver, mira tú qué susto le metió la máquina del agujero redondo al hombre que se sentó delante de ella. Y el tío se cabreó, claro. Aunque ella también daba un poco de pena cuando se quejaba de aquella manera. Parecía como si sufriera. Desde luego, hay que ver cómo son las cosas. Carajo, cómo son las cosas. Ey, que ahora viene un perro. Hala, carajo. ¿Pero no se está meando? La culpa es de los dueños, que nunca los llevan cogidos por la correa.

(De la libreta de **NANO**,
Diccionario de cosas e inventos que he inventado)

PARAPLEJIA

Paré de jugar, seguid vosotros, yo no puedo más, y me fui a sentar, aún sin respiración, junto a Nito, por hablar con él y hacerle algo de compañía. Nito estaba sonriente, como siempre, en la silla de ruedas. ¿Te has cansado ya? Sí, me he cansado, siento que me falta aire. Descalcé un pie y le di unas friegas por encima del calcetín sudado, aquellos zapatos me estaban un poco justos. Nito miraba para mis manos acariciando el pie sin dejar de sonreír. Quién me diera poder hacer eso que estás haciendo tú, dijo. Seguía mirando fijo para mi pie. Yo dejé las manos quietas y me quedé inmóvil mirando para los compañeros que seguían jugando y gritando.

Pero tú puedes coger un pie con las manos, dije yo mirándolo. Él seguía sonriendo con su bigotito minúsculo y rubio. Sí, pero mis pies no sienten las manos que los palpan. Yo volví a palpar despacito el calcetín sudado. Tenía un agujero en la punta que dejaba ver un pedazo de uña. Hombre, yo, qué quieres... No quiero nada, seguía sonriendo. Pero puedes hacer otras cosas, le dije por decir algo. ¿Qué cosas?, me preguntó sonriendo. Hombre, no sé, me miraba fijamente, sonriendo. Me levanté y le di un hostión, primero de un lado, luego del otro, y cogí la silla, la levanté por detrás y lo tiré a él fuera. Se quejó algo en el suelo y se llevó la mano a la sangre que le salía de la boca. Luego, me miró y sonrió. Yo me fui de allí con el zapato en la mano.

Cuando miré para atrás, estaban los compañeros alrededor de él ayudándolo a sentarse y llamándome enfadados. Me cago en tal.

EN EL GRADO EXACTO

Abro la puerta del piso con los ruidos acostumbrados, exactos. Alto, la puerta acaba de rechinar. Sí, un chirrido. La hago girar otra vez; sí, rechina un poco. Mañana, la asistenta tendrá que echar aceite en las bisagras. El perro y el gato vienen ya a recibirme diligentes. Muy bien, como debe ser. Como todos los días. Hola, ¿qué tal os habéis portado? Ya sé que os portasteis bien. Me quito el abrigo y la bufanda y los cuelgo de una percha. Ahora, la americana. Qué agradable el ambiente, aire limpio, tibio y húmedo en el grado exacto. Un aire con ese olor sutilísimo de limpieza y ropa planchada y tratada con suavizante y aromatizante. Aspiro hondo para olvidar el olor a sucio del ascensor. Pasa todo tipo de gente por el ascensor.

Enciendo la luz halógena que se extiende por los muebles funcionales, limpios, lisos y de brillo mate.

Vamos, vamos, quítate de enmedio. No os restreguéis así contra mis piernas, ya sabéis que no me gusta. No quiero coger vuestro olor y que luego me anden olfateando los demás gatos y perros. Vale, vale. A ver, os voy a acariciar un poco la nuca, ya sé que os gusta. Un poco, así. No digáis luego que no os hago caso. Así con cada mano rasco despacio cada nuquitita. Hala, ya está bien. Venga, volved cada uno a su rincón. He dicho que cada uno a su rincón. Así.

Enciendo el sintonizador y el lector de compactos. Empieza a oírse la *Sonata en Sol mayor para piano y violín, Koechel 373, a* de Mozart. El piano primero. El violín también ahora. Cruzo el pasillo limpio y brillante acompañado por la música y enciendo la luz de la cocina. Muy bien, la asistenta lo ha dejado todo recogido. Nunca recordaba el nombre de la asistenta. Qué increíblemente despistado era para los nombres. No siendo para asuntos de trabajo, olvidaba por completo los nombres de la gente.

Abro el frigorífico. Perfectamente, la cena preparada en la cazuela. La saco y la meto en el microondas. Llega la música. Entran el perro y el gato. Ajá, tenéis hambre, diablillos. Abro la puerta de la alacena donde guardo su comida. Cojo los paquetes de comida para perros y gatos. Proteínas, vitaminas, fibras y minerales. La hora de cenar, muchachitos. Echo en cada plato un montón de comida; ellos se aproximan despacio a los platos. Una buena alimentación. Vuelvo a guardar los paquetes. Noto algo de grasa en la mano, debe de estar sucia la manilla de la alacena. No ha quedado bien limpio. Mañana le dejaré una nota a la asistenta. Que quede todo bien limpio. Las superficies que se tocan con las manos hay que limpiarlas con algodón empapado en alcohol por lo menos una vez a la semana. Matar las bacterias. El perro y el gato comen despacio de sus cacharros. Aún tienen agua en sus cuencos. Antes de acostarme tendré que cambiársela, no quiero que cojan gérmenes. No hay porqué coger infecciones sin necesidad. Me gustan las cosas asépticas y, si puede ser, esterilizadas. Todos ahorraríamos muchos trastornos y enfermedades si se siguieran unas normas elementales de higiene y asepsia. El gran fallo en la educación es no inculcar suficientemente los hábitos higiénicos. Todo es un hábito.

Suena el timbre del microondas. Lalaralalaaa. Sirvo la comida en un plato. Cojo una copa de cristal fino y me sirvo un poquito de vino tino de la botella del frigorífico. Vamos a la sala. Lalaralalaaa.

Entran detrás de mí el perro y el gato. Ahora que estáis hartos queréis jugar, eh. Abro la arquita de madera labrada colocada en la librería y saco el ratón y el hueso de plástico. Es hora de jugar. Alto ahí, sin saltar. Quietecitos. ¿Cómo hacen los animalitos bien educados? ¿Cómo? Muy bien, así. Ahora os los voy a dar, el ratón para ti y el hueso para ti. Hala, jugad mientras yo ceno. Muy bien, aprovechaos.

Se oyen ruidos en el piso de al lado, esa mujer gorda gritándoles a los hijos. Subo el volumen de la música, que me envuelvan el piano, el violín y la orquesta. El pequeño tiene siempre los ojos llorosos y algo de mocos asomando. Debe de ser de alguna infección. O de llorar, simplemente, siempre está llorando. O él o su hermana, la que tiene los dientes picados. Eso pasa por comer caramelos. Dietas completamente irracionales. Mejor concentrarse en la comida. Y en la música. El vino un poco demasiado frío.

Quedé harto. No debí de comerlo todo, tenía mucho

condimento. Calorías de más. Y hay que sumarle las del vino. Tengo que volver a decirle a la asistenta que cocine con menos aceite. Lalaralalaaa. Maestoso. Aaah. Por qué no voy a estirarme si estoy solo. Aaah. A vosotros no os importa, eh, chicos. Esto no debe hacerse. Es mala educación. ¿Por qué el cuerpo necesita tantas cosas que son mala educación? Realmente, es feo una persona desperezándose en público. Es asqueroso. Un hombre transformándose en gorila. Él procuraba no hacerlo. Ahora nadie lo había visto. Estoy cansado, necesito algo de relax. Es hora de ir a la cama.

Me levanto. Apago la música. Ahora, vosotros a dormir también, eh. ¿Entendido? Veo que entendéis. Y no quiero oír ni el menor ruido, que vuestro amo se va a descansar. Os dejo el juguete por la noche, pero no hagáis ruido. Buenas noches. Apago la luz de la sala y voy al cuarto.

Enciendo la luz, me descalzo y me quito la ropa. Me quedo en camiseta y en slip. Saco el llavero del bolsillo del pantalón y abro la puerta del armario, cerrada con llave.

Miro a la muñeca. Vestida y preparada. La saco con cuidado. Tiene la blandura de la carne humana. La blandura del músculo recio, de la carne tensa. La aprieto contra mí. Qué duras y qué apetecibles son sus tetas contra mi pecho. Apuesto cualquier cosa a que no hay mujer que las tenga así, tan blanditas y tan duras como la mía.

¿Baila, señorita? Voy bailando cogido de ella, lalaralalaaa, hasta la llave de la luz grande, y la apago. Enciendo la de la mesita de noche. Humm, qué bien baila. Nunca la había visto antes, ¿es usted de por aquí?

CÍRCULOS

Dos hombres caminaban. Dos hombres caminaban. Dos hombres caminaban. Dos hombres caminaban. Dos hombres caminaban. Dos hombres caminaban. Una muchacha asomada a la ventana. Dos hombres caminaban. Una muchacha asomada a la ventana. Dos hombres caminaban. Una muchacha asomada a la ventana. Dos hombres caminaban por un camino. Una muchacha asomada a la ventana miraba a lo lejos. Dos hombres caminaban por un camino. Una muchacha asomada a la ventana miraba a lo lejos. Dos hombres caminaban por un camino. El sol se había puesto ya; poco más que sombras era lo que se veía. Una muchacha asomada a una ventana miraba a lo lejos y pensaba que le gustaría casarse con un hombre de una ciudad grande e irse a vivir allí. Dos hombres caminaban por un camino. El sol se había puesto ya; poco más que sombras era lo que se veía. Una muchacha asomada a una ventana miraba a lo lejos y pensaba que le gustaría casarse con un hombre de una ciudad grande e irse a vivir allí. Dos hombres caminaban por un camino, venían de trabajar y hablaban cansados de sus cosas. El sol se había puesto ya; poco más que sombras era lo que se veía. Una muchacha asomada a una ventana miraba a lo lejos y pensaba que le gustaría casarse con un hombre de una ciudad grande e irse a vivir allí, vio venir a los dos hombres por el camino y con gesto cansado se retiró hacia dentro. Dos hombres caminaban por un camino, venían de trabajar y hablaban cansados de sus cosas mientras se acercaban despacio a la casa que tenía las luces encendidas. El sol se había puesto ya; poco más que sombras era lo que se veía, y sólo se oían las voces distantes de los dos caminantes y los grillos cantando.

BRICOLAJE / MECÁNICA POPULAR

MATERIAL: Una «pata de cabra», un piolet.

INSTRUCCIONES: Escoge una hora en la que no estés en casa. Comprueba que no haya vecinos en los otros apartamentos de la planta, para ello llama varias veces a cada uno (si abren di que necesitas un poco de sal y vinagre). Tras comprobar que no hay nadie, llama el ascensor y deja la puerta abierta para que no puedan subir ni bajar. Ahora, ligero, mete la «pata de cabra» entre el marco y la puerta a la altura de la cerradura. Haz palanca con un golpe fuerte y seco, repite un par de veces, repite un par de veces hasta que salte la cerradura. Entra sin hacer ruido y cierra la puerta detrás de ti. Si, por casualidad, aparecieras ahora, porque estabas durmiendo o estabas en el retrete, no lo dudes, sacúdete un golpe en la cabeza con la «pata de cabra». Si efectivamente no estabas en casa, procede a registrar las habitaciones. Empieza por la que tengas más a mano, la de invitados, saca los cajones de la cómoda y desparrama por el suelo todo lo que contengan. Luego, vas al armario, sacas las sábanas, las mantas, y las tiras encima de la cama; coge los dos billetes de cinco mil, revuelve entre las restantes cosas, coge el reloj que te regaló Nati y el billetero de piel que nunca has usado, guárdalo. No olvides abrir el armario y dispersar toda tu ropa por el suelo.

Ahora, rápidamente, pasa a la sala y, con el piolet, revienta la pantalla del televisor en color (tienes que desenchufarlo previamente). Ya para terminar, rompe los espejos, el del cuarto de baño, el de la entrada. Ahora coge una bolsa de plástico de las que te dan en la tienda de al lado y que guardas debajo del vertedero, y mete dentro las herramientas. Sal en seguida. Cierra la puerta del ascensor y baja por las escaleras.

Camina normalmente hasta un contenedor de la basura y mete la bolsa, el dinero, el reloj y el billetero. Ya está. Ahora compra el periódico en el quiosco y velo leyendo con calma de camino a casa. Coge el ascensor y sube.

Abre la puerta del ascensor con naturalidad, es importante la naturalidad, y vas sacando las llaves de la puerta. «Eh, qué pasa, la puerta está abierta», te quedas inmóvil, ¿habrá alguien en casa? Pero no le he dado la llave a nadie. Te aproximas, hay marcas de palanquetazos en la puerta, está forzada. Te quedas frío. «Han entrado en mi casa.»

Empujas la puerta con cuidado, ¿estarán dentro?, entra lentamente, no se oye nada, la puerta de la habitación de invitados está abierta, todo revuelto, la violencia te encoge el estómago, entras despacio, nadie. Sales y sigues, cuidado con lo que puede haber detrás de las puertas, la puerta de la cocina está a medio abrir, acabas de abrirla con un pie, empujando hacia atrás, entra, nadie. Dentro tampoco. En el cuarto de baño, el espejo roto, hijos de puta. Falta por ver la sala. Y el dormitorio. En la sala, la tele con la pantalla hecha añicos, qué maricones, te dan ganas de llorar, hostia, y aún sin acabar de pagarla. Vete a la habitación, cuidado, pueden estar ahí esperando; coge un cuchillo de cocina. Ahora dale con el pie a la puerta, todo revuelto, los cajones tirados, todas tus cosas, las fotos, las cartas, dispersas por el suelo. Nadie. Qué hijos de puta. Cabrones. Revuelve en tus cosas, se han llevado el dinero: diez mil. Y el reloj de Nati. Qué cabrones, empieza a recoger las fotos, falta el billetero. Siéntate en la cama. Qué putada, tienes la sensación de que aún están en la casa, todo violentado, saqueado. Sientes que ya no es tu casa. Te asfixias. Mejor salir a tomar aire. Qué violencia.

(Extractado del *Manual de autolesión*,
A. Higgins)

POR QUÉ

Apagó el molesto zumbido del despertador. La hora de levantarse. Mejor saltar de la cama; si no, se iba a quedar dormido. Llegaría tarde al trabajo. Tenía la nariz reseca de la calefacción. Y le dolía algo la cabeza. Arriba.

Sentado en la cama con la cara reposada en las manos pensó en el mal sabor de boca. No tenía caries en ninguna pieza dental. Apenas hacía dos meses que había ido a hacer la revisión al dentista. Se lavaba los dientes cuatro veces al día, llevaba siempre un cepillo plegable en el bolsillo de la americana. Su dentífrico era el mejor y el más caro, pero tenía mal sabor de boca. Cuidaba la dentadura y se alimentaba de manera racional, pero tenía mal sabor de boca. Halitosis. Podía masticar chicles sin azúcar para quitarse el mal olor, pero no se le iba la halitosis. Él era limpio y cuidadoso, era su cuerpo, su estómago, lo que lo traicionaba. Por qué estaremos hechos de tripas húmedas. Tripas llenas de líquidos y de residuos en descomposición. Para impedir que seamos perfectos.

Estiró el brazo y tiró de la correa de la persiana. La persiana se abrió algo y dejó ver una mañana gris. Qué porquería de tiempo. La muñeca estaba tendida, inmóvil, en el cuadrado de luz de la mañana. La apartó hacia atrás con el pie, para que no la viera alguien desde el otro edificio. Ella siempre estaba igual. No tenía malos olores, no sudaba, no perdía la compostura. Ella sí que era perfecta. No se cansaba. Siempre dispuesta.

Estaba cansado. Siempre dormía ocho horas y media, pero se levantaba cansado, molido. No dormía bien. Se pasó las manos por la barba, cómo le crecía, y qué dura. Y qué aspecto de suciedad daba la barba de un día. Era igual que estuviera limpio y duchado, parecía desaseado. Y todos los días por la mañana tenía que combatir aquella pinta de marrano. Con las ojeras que tenía al levantarse. Qué pinta tan desastrosa, prefería no verse en el espejo hasta después de desayunar, ducharse y afeitarse. Menos mal que nadie lo veía por la mañana. No soportaría que nadie lo viese así, sucio y cansado, sentado en la cama. Si alguien lo viera allí con el pantalón del pijama sucio de esperma seco, la barba de un día y desgreñado como estaba, si alguien lo viera allí sentado sin fuerzas en el borde de la cama deshecha. Le venían ganas de bajar la persiana y volver a meterse en la cama.

Allí estaba la ropa, esperando en el vestidor. La camiseta de «Termolactil» tirada en el suelo y arrugada. Todas las camisetas tenían que ser de «Termolactil», si no cogería frío andando en camisa, pero luego lo hacían sudar como un cerdo por los sobacos. En la bolsa de aseo en el cajón del despacho tenía un desodorante en barra, pero aun así tenía miedo de oler mal por la tarde si alguien se acercaba demasiado. Él ya no se acercaba, pero a veces la gente no sabía guardar las distancias mínimas entre las personas.

La camisa de seda podía tirar un día más. Estaba limpia de ayer; dos días puede llevarse una camisa sin que coja olor corporal. El olor corporal es como un veneno, sin que uno se dé cuenta, todo lo que uno toca va cogiendo olor. Nuestros cuerpos son como máquinas de corromper alrededor de uno, exhalando bacterias y olores. La corbata de seda de «Adolfo Domínguez» empezaba a estar algo sobada en el nudo, pero no se notaba aún, y ésta era la que más le gustaba. El pantalón estaba perfectamente colocado de manera que no se perdiera la raya, guardan muy bien la raya estos trajes de Armani. Con aquel traje y los zapatos parecía más alto. También gracias a las plantillas con una pequeña calza que metía dentro del zapato. Por qué no habría nacido más alto y más guapo. Qué humillante si alguien lo descubriera. Si alguien ahora revisase uno de sus zapatos, y lo viera allí sentado, cansado, con ojeras y sucio. Todo el mundo se reiría de él. Todos sabrían que no era más que un animal feo y hediondo.

Qué odioso era existir. Por qué no podríamos ser como hubiéramos querido. Por qué los cuerpos y sus instintos tenían que interponerse para hacer imposible la pureza, la perfección. Había que trabajar todos los días para intentarlo, para simularlo, pero al llegar la noche todo se venía abajo. Y así día tras día. Y así siempre. Trabajando. Tenía aún que limpiar y esterilizar la muñeca antes de guardarla. Y escribirle en la nota a la asistenta que pasara mejor el aspirador por la moqueta, que siempre dejaba suciedad. Tenía que darse prisa si no quería llegar tarde.

Se oían los pasos discretos del gato y del perro por el corredor.

EL LUGAR DEL CRIMEN

Es buena verdad que se vuelve siempre al lugar del crimen. Así, donde hubo una muerte perdura la presencia del mal, si no es conjurada. Por eso los asesinos acuden de nuevo al escenario de la infamia. Los duros de corazón a disfrutar de nuevo de la maldad, y los de corazón más tierno o más débil, a conjurar en vano el crimen lamentando la sangre vertida.

Todos los criminales, todos los adultos, al llegar a la vejez volvemos a los escenarios del crimen. Volvemos a la infancia. Inútil, pero obsesivamente, merodeamos por los alrededores de la infancia y de la pubertad, pero nos faltan las fuerzas para abrir las puertas cerradas. Y aunque pudiéramos abrirlas, ¿qué íbamos a encontrar? Los crímenes que cometieron con nosotros, el crimen que cometimos nosotros contra nosotros mismos. Encontraríamos el Horror. Y quién sería capaz de mirar al Horror cara a cara.

Por eso mi memoria merodea acechante reteniendo cualquier detalle del escenario. Pero al tiempo que quiere averiguar, se engaña y me engaña también a mí. No puedo confiar en ella, miente. Tengo que tomar las medicinas, somos química y en la química es donde debemos buscar ese algo que nos falta.

Ese algo que siempre nos faltó y que fuimos notando. Hablo de la herida. Hablo del daño, de la imperfección, de la carencia, del muñón, del pus, del brazo manco, de la enfermedad, de la pierna coja, del desasosiego, de la hipertensión, de la arteria obstruida, de la prostatitis, de la estectomía, de la emasculación, de la buba, de la inflamación, de la caída del cabello, del paso del tiempo. Sólo tenemos la química contra la muerte de las mil caras. Gorgona asquerosa.

(Manuscritos de **Isidro PUGA PENA**)

VUELVE CON LA CARNE

Vestido con una camisa vieja, sucia y deshilachada, las guedejas grises y pegajosas, barba de cinco días y olor a cuadra, está sentado ante una mesa sucia y con restos de la cena. Tiene cara de dolor y aprieta una mano contra la mejilla. Se balancea sobre el taburete en que está sentado, y a veces deja escapar un quejido animal. Por una ventana entra una luz triste y miserable y un paisaje absolutamente empañado por un diluviar agitado por el viento. La estancia está llena de escombros y cacharros viejos, oxidados y cubiertos de polvo.

Por una puerta entra, con andar vacilante, un animal con trazas de perro con la pelambrera revuelta y calvas tiñosas. Por la pelambrera asoman dos puntos rojos metidos allá en lo profundo de las cavidades orbitales. Por la boca entra y sale una lengua de reptil acompañada de un ruido como de latigazos. Pasa al lado del hombre sentado. Éste, al verlo, le da una patada. El animal salta hacia un lado con una queja casi humana, luego mete y saca la lengua con actitud amenazadora. Al fin, se tumba en el suelo bajo la claridad de la ventana.

Por la misma puerta entra una mujer gorda, de rostro colorado y brillante. Lleva un pañuelo gris en la cabeza y un vestido con un delantal del mismo gris sucio. Viene sonriendo y trae un cuenco en la mano y un pedazo de pan mohoso en la otra. Posa el pan y el cuenco, vierte algo de caldo turbio en la mesa, ante el hombre sentado.

—Venga, cabrón, almuerza y déjate de remilgos. Vaya Malo que haces tú, maricón.

—Te había de doler a ti como me duele a mí, puta. Lo que me iba a reír —gime el Malo sin sacar la mano de la mejilla.

—A ver, abre la boca, imbécil.

El otro abre la boca y le muestra unas fauces enormes, una boca negra y profunda con unos colmillos grandes, amarillos y desiguales en la entrada y unas grandes muelas negras detrás. Mueve una gran lengua húmeda, arrugada y roja, y hace un Aaaaaahh amenazador y sostenido como un roncón de gaita maligna.

La mujer hace que mira y, mientras tanto, saca de un bolsillo del delantal un lagarto y se lo mete ligera en la boca. La mujer se aparta riendo y el Malo escupe el lagarto, brama y, de súbito, aparece en su mano un cuchillo gigantesco que alza contra la mujer. El animal salta para coger el lagarto y lo engulle. Desaparece el rabo por un lado de la boca. La mujer se ríe tapando la boca con una mano y cogiéndose la barriga con la otra. El animal vuelve a tenderse en el mismo sitio. El Malo guarda el cuchillo en su vaina, colgada del cinto, y mueve el puño hacia la mujer.

—¡No quiero bromas por la mañana, pendejo del diablo!

La mujer deja de reír y se pone seria; le da una patada al animal, éste se levanta y sale ligero de la estancia quejándose.

—¿Qué? ¿Qué les tienes preparado hoy? —pregunta la mujer en el contraluz de la ventana.

El hombre alza el cuenco y bebe el caldo turbio ruidosamente y con la cara algo ladeada, cuidando que el líquido no le vaya a la muela dañada. Muerde luego el pan con cuidado, y habla con la boca llena.

—Lestengoprearadauarampa...

—¿Qué carajo dices, tortuga?

El Malo se traga lo que está masticando:

—¡Que les tengo preparada una trampa, coño!

—Venga, carajo, venga. También les pusiste una bomba en el avión, una bomba que iba a ser mortal, y saltaron en paracaídas el Chico y la puta de la Chica y no se hicieron ni un rasguño. No das una.

—Seguro que tú lo hacías mejor, mala bestia.

—¿Crees tú que si en vez de Malos hubiera Malas no íbamos a hacer mejor el trabajo que vosotros, gilipollas? A ésos me los comía yo para almorzar.

El Malo acaba de tomar el caldo del cuenco; el líquido le cae por los lados de la boca. Hace añicos el cuenco contra la mesa y suelta un eructo. De la barbilla le cuelga un hilacho de berza.

—Déjate de feminismos porque me cago en Dios, puta. De hoy no pasa. Les tengo preparada una trampa en el camino del bosque que lleva al tesoro. Un foso lleno de estacas clavadas en el fondo y afiladas hacia arriba. Cuando pasen por el camino, ¡pataplán! ¿Qué? ¿Vale o no vale? Ja, ja, ja.

La mujer se ríe con él. El Malo vuelve a llevarse la mano a la mejilla con cara de dolor. La mujer coge un capote húmedo de una punta de la pared y se lo da.

—Venga, deja de contar historias. Coge el hacha y vete para allá, no sea que pasen de largo. Venga, andando.

El Malo se levanta y se pone el capote. Coge un hacha enorme de un rincón de la estancia.

—Y a ver si te acuerdas de mojar el hacha en un charco de agua bien sucia antes de darles con ella, que se les infecten bien las heridas —le dice la mujer mientras le abotona el capote por delante—. Y lleva el sombrero, que vas a coger un catarro, baboso. Que siempre vuelves hecho una pena.

Coge el sombrero de otro clavo de la pared y se lo da.

—Calla, puta. Yo hago lo que me sale de los cojones. Ojalá tarden en morir, para verlos sufriendo.

—Ojalá pudiera estar allí. Si no fuera que está a parir la vaca peluda... Si ves que se hace de noche y aún no han muerto, remátalos con el hacha y vuelve para casa, no vaya a ser que por disfrutar un poco te coja un frío por la noche. ¿Has oído, maricón? Venga, a trabajar.

Salen hasta el umbral de la casa. La puerta es de dos hojas superpuestas, la de arriba está abierta y deja ver el diluvio.

—Lo que más me jode es que a esa asquerosa de la Chica ni lloviendo así se le va a correr el rimmel. Algunos nacen con una flor en el culo —dice la mujer con resentimiento. Se suena los mocos con los dedos y los tira contra la lluvia.

—Ya me encargaré yo hoy de que se les acabe la suerte para siempre —dice él con voz ronca y amenazadora.

Ella le echa la mano a la entrepierna y le agarra el paquete.

—Júrame por esto que los vas a desgraciar para siempre. Júramelo.

—Te juro que voy a hacerles llorar y suplicar. Te juro que los voy a ver empapados en sangre. Te juro que se van a acordar, los voy a partir a trozos. Te juro que los mato. Y, si puedo y les queda vida, te juro que antes de que muera la voy a forzar a ella y a él le corto el pirindajo. Te lo juro.

Los ojos abiertos de la mujer brillan con alegría infantil y soñadora.

—Éste es mi hombre. Éste es mi Malo. Vete ya —le da un golpe en la espalda y lo empuja fuera.

Ya bajo la lluvia, él muestra los dientes apretados y dice:

—Te traeré el corazón y un pedazo de solomillo de cada uno para que los cocines en empanada.

—Vete ya, cabrón. Y vuelve con la carne. Te voy a estar esperando con las faldas levantadas. ¡Vete!

Él gruñe de satisfacción y se va chorreando agua por el sendero que lleva al bosque.

—¡Y ten cuidado, no te vayan a hacer daño a ti esos cabrones! —grita la mujer desde la puerta, pero la figura que camina decidida con el hacha al hombro no la oye.

El animal se arrima a las piernas de la mujer. Ella le da una patada y el animal escapa hacia dentro. Después, ella cierra la hoja de abajo de la puerta y rezonga:

—¡Vaya día para trabajar! Seguro que me vuelve lastimado o con catarro.

PUDOR

Ten pudor, aguanta el gesto, no cedas jamás a la emoción, mantén siempre la brida de tus músculos y no permitas que cuelgue el músculo maxilar ni se distienda el orbicular nunca. Esa pérdida de control, sólo un momento, apenas un instante, permitiría que en cadena fatal e irremisible los secundaran el esternocleidomastoideo y los lumbares. Estarías perdido. Un hombre que deja descomponer el gesto una vez, lo deja descomponer todas y cualesquiera veces. Pudor. Rigor. Rigor y disciplina. ¿Acaso no meas de pie? El pudor masculino es lo que nos hace distintos y superiores, y qué es el pudor masculino sino la alerta de los músculos de cara y cuerpo ante cualquier emoción que pueda arrugar como un trapo viejo la serenidad y la autoridad y el valor que te propusiste. Mantener el propósito es el valor, impedir que esa lágrima asome es la serenidad, conservarte inmóvil es la autoridad. No pierdas el pudor. Deja que otros seres femeniles y desgobernados lloren, giman, se quejen y se entreguen al llanto, y observa desde la altura de la verticalidad los cuerpos reducidos a animal retorciéndose fuera de sí y quejándose. Ésa es la distancia entre tú y ella, y no olvides que cuanto más alto mires, mayor será la distancia. ¿Dónde está el valor sino en aguantar el impacto del vil sentimiento contra ti, en agarrarlo con determinación fría y en retorcerle el pescuezo con precisión y sintiendo cómo estallan sus huesos diminutos bajo esa pelleja blanda que tus fieros dedos retuercen? ¿Dónde sino en arrojar de lado a ese ridículo e inerte cuerpo que pretendió conmoverte, romper tu guardia, dejarlo en el desván, abandonado con otros bultos, viejos sentimientos muertos y mutilados? ¿Es que no meas de pie?, y si no cagas de pie es porque no quieres. Hostia en dios, ¿hay cojones o no hay cojones?, pues si hay cojones, ahora se va a cagar en Dios todo María santísima. Que desde hoy en adelante va a cagar de pie todo Cristo. Y que no oiga una queja, ni una queja, que al que se queje le arreo un patadón en las pelotas que se va a quejar a casa de la Cojona, no sé si está claro o si no me expreso bien, porque si está claro está claro, y si no está claro, a ver quién es el chulo que me lo dice, que tenga un par de pelotas, que un hombre sin pelotas ni es hombre ni es carajo de nada, y el que tenga pelotas que tenga los güevos de venir aquí y decírmelo, que se las corto; pero no hay pelotas y os salváis porque si las hubiera jugaba al pin-pon con ellas, pero qué va, sois todos unos maricones; maricaneo, mucho maricaneo es lo que hay, y a mí no me va el maricaneo, yo soy un hombre y no me gusta que me la metan como a vosotros, mamones, que aún lleváis un carajo en la boca y otro en el culo, así que no me vengáis con mariconadas, que nadie me venga con remilguitos, que sois todos unas putillas y ya me encargaré yo de haceros hombres. Quiero hombres y nada más que hombres, pudor, valor y disciplina, y si alguien cree que tiene algo que decir, que venga aquí y que me la chupe. No sé si queda claro. ¿Queda claro?

(Extraído del manual *Do yourself a man*, de L. LEWIS JONES)

NO SABE UNO PARA
QUÉ ABRE LA BOCA

Dijo que pudor y disciplina, y tenía razón, lo que pasa es que es muy nervioso y a veces se altera y pierde el control y después no sabe lo que dice. No hagáis caso de algunas cosas que se le escapan. Las dice sin pensarlas, pero no las siente. Se le escapan. Ya veis cómo es: un pedazo de pan. Pero lo importante es lo que quería expresar, algo que los caballeros debemos tener siempre presente, lo que se dice comúnmente «guardar el tipo». Pues bien, guardar el tipo es importante, más importante de lo que parece. Sobre todo, no ceder a efusiones sentimentales. Nada de ternura, de conmoción afectiva, de ojos húmedos, de moco asomando. No es deseable que el hombre, el caballero, se refocile en los sentimientos, que haga dispendios emocionales. Eso es lo que son, dispendios emocionales. Mucho control, control y ahorro de emociones. Que sea la voluntad... la bondad no, la bondad no. He dicho la voluntad. Que sea la recia voluntad quien mande. No autoritarismo, no, pero sí una necesaria y saludable voluntad. ¿O, por qué no, el autoritarismo de la voluntad? Sí, eso es, la voluntad y el autocontrol no deben tener límites en su imperio. Bien, algún límite sí, como todo. Pero un límite pequeño, poco límite, porque si empiezas ya limitando, entonces se va todo al carajo. Que si uno llora, que si otro está deprimido, y ya la hemos cagado. Así que, resumiendo, lo que os quería decir es que no hay que andar con mariconadas y que el hombre, aparte de serlo, tiene que parecerlo. ¿Que cómo se hace para parecer hombre? Ahí sí que me habéis jodido. Si a estas alturas no sabéis lo que hay que hacer para parecer hombre, mejor apaga y vámonos. No, si al final tenía razón el otro cuando se cabreaba con vosotros. Lo raro fue que no os partiera la cara, porque a mí me están entrando ganas de meteros un par de hostias por maricones. Venga, hombre, iros a la mierda. No sé ya ni para qué he abierto la boca. ¡No te jjodde!

(Extraído del manual de ejercicios prácticos *How?*, de **J. J. James**, que acompaña al manual *Do yourself a man*, de **L. Lewis Jones**)

MORRIÑA

Tiene la hija en el regazo, apretada en sus brazos, sentados los dos en el sofá, y la mece como bailando despacio. Suena un fado en la voz de Amalia Rodrígues desde un compact-disc. En el televisor discurren imágenes de un vídeo-clip sin voz, los viajes y las actuaciones de un grupo de rock, miles y miles de fans saltan y mueven los brazos en silencio. La niña parece que tiene fiebre y juega chupando una cuchara. En la ventana se abre y se dispersa una bandada de pájaros que se va por la tarde adelante. Y piensa en cuánto tardará en aparecer la tristeza o si ya será esta melancolía que anda por allí.

RUIDOS EN LA CASA

Ahora mismo me pareció ver a alguien acechando en una ventana de la casa. Pero luego desapareció, aunque quizá me lo pareció, pero no. Quizá no haya nadie en la casa. Puede que todo sean figuraciones mías. Pero, parecer, me lo pareció. Y muchas veces miro para las ventanas y me parece ver pasar como una sombra. Algún día tendría que ir y golpear la puerta a ver si aún vive alguien.

Pero bastante tengo con cuidarme del jardín, que no lo doy atendido de tan grande como es. Antes lo cuidaba mejor, parece como si ahora las malas hierbas se diesen más abundantes y vigorosas, no acababa con ellas.

Como si quisieran devorar el jardín e incluso la casa. O sería que ya le faltaban fuerzas con los años. Hacía mucho tiempo que se habían perdido los planteles de flores y sólo había malas hierbas. Por más que peleara con ellas, ya tenían su misma altura y seguían creciendo.

Recordaba cuando tenía el jardín cuidado y pasaban los invitados para alguna de las fiestas que se celebraban en la casa y lo miraban con aprobación y envidia. Él, entonces, se sentía orgulloso de su jardín. Pero ahora... También es verdad que hacía muchos años que no daban fiestas en casa. Poco a poco fue dejando de estar habitada. Cada vez había menos gente en ella. Puede que aún quedara alguien viviendo en ella. A veces le parecía ver una sombra acechando por alguna ventana. Como ahora.

Algún día iría hasta la puerta y llamaría. Quién sabe, quizá hubiese alguien.

QUERIDA MODELO

–Espera, te voy a hacer una foto ahí con ese vestido nuevo. Siéntate ahí en la fuente. Ahí, ahí. A ver, mira para aquí. No, así no. No pongas esa cara.

–¿Qué cara?

–Ésa. Así, con esa mueca en la boca.

–¿Qué mueca?

–Nada, mujer, no he dicho nada. Pero tienes un gesto como de asco.

–Pareces tonto. Es mi cara, la de siempre. Siempre he puesto la boca así. Y ayer por la noche bien que te gustaba.

–Perdona, no he dicho nada. No hagas caso. A ver, mete una mano en el agua.

—No. Ahora no tengo ganas de fotos.

—Pero, mujer, no te pongas así. Ha sido una tontería mía. Anda, siéntate en la fuente un momentito, que queda muy bien así.

—No; venga, vámonos de aquí.

—Por favor, cariño. Te pido perdón. ¿Qué más quieres? Déjame que te haga una foto ahí. Venga, por favor, es sólo un momento.

—Vale. Pero acaba pronto...

—Así.

—¿Está bien así la boca?

—Sí, mujer. Pero no te pongas tan seria, que parece que vas a embestir. Mira, y no dejes caer así la mano, que queda como cursi. Pósala en la piedra.

—¿Pero qué tiene de malo la mano ahí? ¿Qué te ha hecho la mano? Pareces tonto. Vete a la mierda. Ya me tienes harta hoy. Primero me pides que pose, y luego nada te parece bien.

—Pero mujer, no te pongas así. Sólo te dije que cambiaras la mano de sitio.

—De eso nada. Dijiste que era una cursi. Parece que lo único que quieres es humillarme. Vete a la mierda. Que pose Rita. O tu madre, que te hace muy bien el arroz con leche.

—Perdona, perdona.

—Ni perdona, ni mierda.

—Es igual, ya haremos las fotos otro día.

—Las harás tú. Si quieres practicar la fotografía, paga a una modelo que te aguante.

—Vale, vale. Ya ha pasado todo. No he querido molestarte, perdóname, anda. Venga, cariño, ya pasó todo. También, qué genio tienes...

—No, no ha pasado. No sé qué tiene eso de hacer fotos, que me miras de otra manera. ¿Qué pasa? ¿Es que no te gusto? Pues soy la misma de siempre.

—Qué cosas tienes. Descuida, que no te vuelvo a hacer otra foto.

—Ni una me harás. No quiero que me vuelvas a mirar de esa manera.

LABOR DE HIJO

Lo más difícil ya estaba hecho. Encendió la luz del baño con el codo para no mancharlo de sangre. Entró y se miró en el espejo. Tenía las manos ensangrentadas y manchas rojas en la cara.

Abrió el grifo y dejó las huellas de los dedos en el acero inoxidable. Una gota casi negra cayó en el lavabo. Puso las manos debajo del chorro de agua y dejó que fuese cayendo por una y luego por la otra. Las manos le habían quedado como muertas, querían descansar, estar inmóviles, que no las hiciera trabajar. Lo peor fue arrancarle el corazón, ahí sí que salió sangre. Quedaba en la cocina, sobre la tabla de picar. A él siempre le había gustado el corazón de ternera, siempre quería que se lo trajera de la carnicería. («*Diles que es para mí; ya lo tendrán apartado.*» «*Sí, papá.*») Allí estaba el alma del ternero, decía él, por eso sabía tan bien. Y él ahora comería su alma. Su alma negra.

Por fin, empezó a frotar una mano contra la otra. Limpió bien el borde de las uñas. Parecía que aquella sangre se le quería meter dentro, que no quería marchar. Hizo cuenco con las manos limpias y se las llevó a la cara. El frescor del agua lo confortó. Volvió a llevar agua a la cara y dejó los dedos húmedos frotando los ojos, despacio.

Le dolían muy adentro, debieron de estar muy abiertos. O los dañó lo que vieron. Lo que obligó a ver a sus ojos. Alzó la cara mojada y la miró brillante en el espejo. Y en aquella mirada llena de odio descubrió la mirada de él. Era la mirada de él. Esa mirada suya era la que tuvo él por última vez. Cuando lo miró con odio, sólo con odio. No con miedo, sin duda no creyó que fuera a matarlo. Creyó que no se atrevería. Que no se atrevería a matar a su padre.

Pero aquella mirada, aquellos ojos, eran los de él. Siempre había pensado que había salido totalmente a su madre. Clavadito a ella. Pero aquellos ojos saltones y fieros eran los de él. ¿Cómo no se había dado cuenta hasta ahora? Y la nuez, la nuez que se movía incesante en aquel semblante inmóvil, también era la suya. Cada vez se iba pareciendo más a él. Se pasó las manos húmedas por la cara. Se miró en el espejo entre los dedos abiertos.

MÁQUINA

Ésta es la máquina que llaman «para nada». Así,
«máquina para nada». No sé muy bien para qué es.
Tiene la hechura de un cubo blanco pero tiene por todas
partes ruedas, palancas, teclas, manivelas... Y ahí está,
como el arpa del salón en el ángulo oscuro, esperando
por una mano que la ponga a andar.

Ahí pasa el de la carretilla. Mira para la máquina.
Posa la carretilla y se limpia las manos en el mandil de
mahón, que está bastante sucio. Se acerca a la máquina,
despacio, y la mira por todos los lados. Aprieta un
botón y se enciende una lucecilla roja. Espera un momento, y nada, no pasa nada. Así que ahora mueve una

palanca que tiene en un lado. Nada. Tampoco pasa nada. Le vuelve a dar, pero nada. Se pasa las manos por el mandil mirándola con cara de concentración. Prueba a dar vueltas con la manivela. La manivela está dura. Hay que hacer fuerza, le está costando, pero la va moviendo. No ocurre nada. La sigue moviendo hasta que se cansa. Tiene la cara congestionada, se pasa las manos por el mandil y escupe a un lado. Vuelve a darle a un botoncito; se enciende otra luz roja. La apaga. Apaga también la otra luz que había encendido antes. Escupe hacia el mismo lugar hacia donde ya había escupido antes; se acerca a la carretilla sin dejar de mirar a la máquina. Alza la carretilla del suelo y se va con cara de asombro. No es para menos. Si después de darle a todos esos botones y manivelas, la máquina no funciona, a ver cómo diablos funciona. Una máquina que no funciona, vaya invento. Porque lo que es trabajar, no trabaja, el de la carretilla le estuvo dando a todo cuanto allí había.

Hay que ver, qué inventos. Inventan cosas para no estarse quietos. Desde luego, cómo son las cosas.

(De la libreta de **NANO**,
Diccionario de inventos que he inventado)

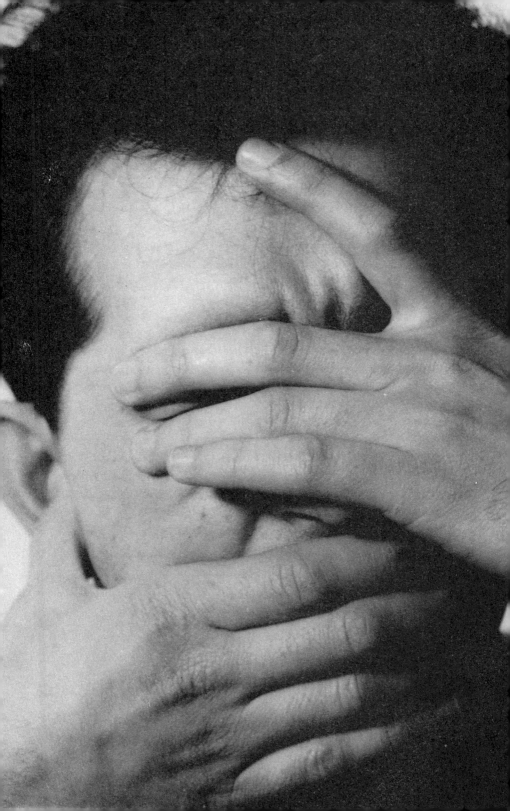

CONDUCTOR

Soy conductor, ya sabes, conduzco mi coche, driving my car, driving my car, honey, voy por la carretera, this is my road, mi viaje, this is my travel y paso zumbando, babie, driving my car, zumbandooooo.

Hay niebla en la carretera, smog on the road, una niebla espesa que casi no me deja ver las luces de los otros coches y está a punto de anochecer y conducir se hace fatigoso y me gustaría llegar a casa, at home, a mi casa, my sweet home, y encender la luz y el fuego y sentarme en mi sofá y leer el periódico y escuchar música en la radio, in the radio, pero no tengo casa ni sofá y sólo trato con los gatos y con los perros a los que atropello y quedan tirados porque soy conductor y conduzco mi coche, driving my car, driving my car.

QUINTO MISTERIO DOLOROSO
EL TRABAJO DEL *SACAMANTECAS*

No, escribir ya sé que no es cualquier cosa. No es tan fácil como piensa la gente. Por eso también no me decido yo a publicar en un libro todo lo que tengo escrito. Un día puede que me decida, cuando tenga dinero, si me toca la lotería o la primitiva, entonces iré a una imprenta y le diré, hágame un libro. De título le pondría *Dándole duro*, porque si sacaba un libro así iba a contar todo como es la vida. O le llamaba *Autopsia*, que es lo que te hacen cuando mueres en accidente o por una desgracia. La autopsia es que te abren y miran dentro de ti y así saben todo lo tuyo de una manera científica. Todo, todo, no, pero casi. Y en mi libro también lo iba a contar todo, igual que si fuese en una autopsia. La vida tal como es. Pero tal tal, eh. Un montón de voces y cosas sin sentido, y aprovecharía para meter todo lo que tengo escrito en el libro. Y también todo lo que tengo recortado, porque en cuanto veo un cuento que me gusta en un libro o en un artículo o algo, pues voy y lo recorto y lo guardo. Y en el libro metería también estas cosas. Hasta fotos. A mí me gusta pintar, pero como me faltó la mano, pues, a veces, voy a ver a un amigo mío que es fotógrafo y hacemos fotos. A lo mejor la llamo *Tic-tac*, que ésa sí que es cabronada, el pasar del tiempo. Ésa es la madre de todas las cabronadas. O le llamaba *Llora, niño, llora*, por la cosa de los niños. Luego, aunque muriese a manos del Sacamantecas, si primero podía avisar a la humanidad, pues la humanidad me estaría agradecida y leería y rezaría mi libro, como si fuese un evangelio o un rosario. Escribir es muy difícil, para eso hay que tener mucha mundología, hay que haber observado mucho la vida y, sobre todo, tienes que haber aprendido mucho en ella, que es lo que la gente no hace. Si uno sabe aprender, que eso es lo difícil, la vida te enseña mucho. Mucho. Positivamente. Pues yo iba a escribir en serio. A veces me entran muchas ganas, porque, total, en vez de hablar y hablar, todo el rato aquí cavilando, pues mejor escribir las palabras. Puede que ésta sea la manera de matar las palabras, o por lo menos de mandar en ellas. De ponerle un poco de disciplina. Como decía mi padre, José, el que murió, el que se casó con mi madre, pues como decía él, «hay que controlar siempre, Nano». Él mucho no controlaba, por causa de la bebida, y cuanto más borracho estaba y más se iba hacia los lados más decía «hay que controlar siempre». Era un buen hombre, si quitamos la bebida. Cuando estaba trompa no controlaba nada, ni nos conocía; a mí me llamaba Salvador. Le daba por ahí. No sé ni cómo conseguía llegar a casa, sería por el olfato, como los perros, fuera el alma. Pero yo creo que escribiendo es como puedes controlar las palabras. Porque las palabras, si las dejas, pueden más que uno. Carajo si pueden. Si te quedas parado y las dejas sueltas, empiezan a pasarte por la cabeza, a ir y a venir, cada vez más rápido, y parece que hasta te vuelves loco. Si las dejas sueltas se apoderan de uno. Poder, pueden mucho. Yo, a veces, tengo miedo cuando veo que me pasan palabras y palabras por la cabeza, que parece que voy a volverme loco. Tengo miedo de atragantarme hablando, de quedarme sin aire. O de que reviente la cabeza. ¡Pumba!, y dejarlo todo perdido de palabras por todas partes. Es una contaminación, como si dijéramos. Ya sabes, lo de la contaminación, que es cuando todo está hecho una porquería, pues lo mismo, pero de palabras. Cuando es así y ya no puedo más, lo que hago es empezar a dar golpes con los puños contra la pared. Así me empiezan a doler los nudillos y ya la cabeza se ocupa de otra cosa, se preocupa por el dolor y se concentra en una sola cosa. Así es como las palabras dejan de volverme loco. Puede que haya otros métodos, pero éste, a mí me da resultado. Ya sé que parece un poco chapucero, pero es bastante científico. Dentro de lo que cabe, más o menos. Un método parecido lo aplico para el dolor de muelas, que es un dolor muy cabrón ése. Ahí lo que hago es dar con la cabeza contra la pared. No es necesario hacerse sangre, basta con que des con cuidado, que sólo se levante un poco la piel. Así, una rascadura. Después, para cuando me duele la mano que me falta, la mano fantasma, o para cuando pica, que eso sí que es padecer, porque te pica la mano, tú notas cómo pica, pero no puedes rascar donde no hay, no te puedes dar alivio. Y eso, compañeros, es lo peor que le puede pasar a uno. Pues cuando es así, lo que hago es, voy a la cocina de butano, enciendo el fuego, voy y meto un dedo. Mejor uno que no uses mucho, el meñique, por ejemplo. Le hago una quemadura pequeña. Pero, claro, las quemaduras aunque sean pequeñan duelen mucho, y así la cabeza mira más para el dedo quemado en la otra mano y se olvida de que le pica en la mano que no hay. Mejor era meter en el fuego un dedo de la mano de goma, que no dolía. Pero no funciona y además al cabo de unas pocas veces ya tendría que comprar otra. Y a ver cómo se lo digo a mi madre, que está a punto de jubilarse este año y que no le llega a nada el sueldo de portera de un edificio para que vivamos los dos. A mí me dan una paga pequeña por inutilidad laboral, que ya es hora de que la suban, que no es nada lo que dan. Pero, mira, siempre es mejor que nada. Y así vamos tirando. No hay que tenerle miedo al dolor. El dolor es como todo lo demás, una cosa que está ahí. Eso es. Positivamente. Además, me gusta ser capaz de controlar el dolor. Y hay casos en los que hasta da gusto. Mira, voy a poner un ejemplo. Esto es un ejemplo, mira. Hagamos una comprobación. Cogemos una jarra con medio litro de vino. O mejor, con cerveza, que da más ganas de mear. La cerveza también se llama diurética, que por lo visto quiere decir «que da ganas de orinar». Pero no vayas a pedir a ningún bar que te pongan «una diurética» porque no te entienden. La gente tiene escaso poder de información. Pero cojamos la jarra con medio litro de cerveza. Ahora la bebemos, ras. Esperamos a que vayan viniendo las ganas. Esperamos a juntar bien las ganas. Y cuando tengamos ganas, pero ganas a base de bien, es cuando hay que empezar. Se trata de aguantar, hay que aguantar. Hay que aguantar cuanto más mejor. Pensar en otra cosa, silbar, hablar, lo que sea pero aguantar. Hasta que no puedes más, hasta que estás a punto de reventar. Entonces, cuando ya se te va a reventar la vejiga, coges la jarra de medio litro de la que bebiste y meas en ella. Verás que gusto da. Ése sí que es un gusto. Un placer. Cuanto más aguantas y cuanto peor lo pasas antes, más gusto te da después de orinar. E incluso cuando orinas, o sea cuando meas, no sabes si da gusto o dolor, mira cómo es. ¡Y decir que para que te dé gusto hay que pasarlo mal primero! O sea, digo para mí que no hay gusto sin trabajo ni placer sin dolor. Positivamente. Ésta es una comprobación bastante científica que puede estar al alcance de cualquier individuo humano. Digo yo. Yo, como tengo poco trato con mujeres, bastante poco, la verdad. Aunque es raro el año en que no echo un polvo. Pero como me doy poco gusto con las mujeres, pues de vez en cuando me hago una cosa de ésas para darle una paliza al cuerpo y para tener sensaciones, que dicen. El caso es que, como podrá observar quien practique esta comprobación sobre los líquidos, nunca se mea lo mismo que se bebió. Nunca. Siempre te queda una parte dentro. Por mucho que mees siempre queda una parte dentro. Siempre hay un desgaste. Siempre. Como si dijéramos, nada es inmune. No hay cosa que sea gratis del todo, siempre hay que pagar un precio. Por ejemplo, bebes medio litro, pero, salir, sale menos. Hay una parte que queda para la empresa. A mí me gustaría escribir un libro de tipo técnico con todos mis inventos y comprobaciones. Tengo para mí que un libro así iba a ayudarle mucho a la gente para vivir. No digo para ser feliz, porque no, para qué vamos a engañar a nadie si no ganamos nada. Ganando algo, se comprende, pero sin ganar nada, ya me dirás. La vida no da para mucha felicidad, y tampoco sabe bien uno lo que es mejor hacer. Uno nunca sabe qué es lo que tiene más mérito, si estarse quieto y aguantar tanto ataque y tanta cosa que te tiran, o si salir a la vida echándole pecho al asunto y afrontar un montón de calamidades y vencerlas. Ahí está el asunto. Ésa es la cuestión, como si dijéramos, o se es o no se es. Y eso es lo que me pasa a mí, que nunca me he sabido decidir por una cosa o por la otra. Y cuando te pones a darle vueltas a una cosa, malo. Porque si en vez de decidirte a ser te pones a cavilar y a darle vueltas a la cosa, que si es mejor ser o no ser, pues lo que pasa es que al final no eres. Eso es lo que pasa. Que fue lo que me pasó a mí, que no me decidí a nada y ahora no soy. Hombre, como ser, ser, claro que soy. Soy yo, dentro de lo que cabe. Digo yo. Pero quiero decir que pude ser muchas cosas, e incluso muchas personas, pero me fui dejando estar, me fui dejando estar, y cuando te das cuenta ya ha tocado la campana. Ya ha pasado el tiempo: fuera de combate. Que fue lo que me pasó a mí. Por eso, que la vida es un sueño y cuando te das cuenta ya suena el despertador, se acaba el sueño y ¡hala!, al hoyo, a criar malvas. Positivamente. Todos los que somos de carne no somos más que hierba, y todo el mérito que tenemos es como las flores de la hierba. Y la hierba va y se seca, y la flor, pues se marchita. Así es, como que me llamo Nano. Y sobre todo lo que más leo son libros técnicos y revistas de bricolaje, *Mecánica popular*, *Hazlo tú mismo*, *Prácticas de autoodio*, *Manual de autolesión*, *Hecho a mano*... yo qué sé, un montón. También tengo la colección del año 1964 del *Reader's Digest*, que viene a ser una revista americana que habla de todo un poco. Me la sé de memoria. También novela, eh. Y cuentos. Y luego, Rosalía, la poesía de Rosalía de Castro. Rosalía es mucho. Pero mucho. Y es que las mujeres de este país son mucho. Puede que hasta un poco de más. Digo yo. Éste es un tema en el que no he ahondado bien. Tengo que cavilar y profundizar en él para escribir luego algo en mi libreta. Pero, ser, son mucho. Carajo si no. Mira a Rosalía de Castro o a María Castaña. O a la Bella Otero. O a mi madre, que sacó adelante a toda la familia. Hombre, el marido algo ayudaba, pero no mucho, que ya se sabe que la bebida no deja. ¡Qué iba a ser de todos nosotros si no fuese por mi madre! Una madre puede mucho. Y también, que si te falta ésa sí que es una pérdida grande. Pero grande. Aunque también a veces algunas se pasan, porque el amor también mata y mucho amor ahoga. Luego, hay gente que no se vale en la vida por ella si no tienen a su mamá con ellos. Mis hermanas dicen que esto es lo que me pasa a mí. Hombre, no se sabe, puede que algo también, pero lo que es haber, hay casos peores. Mira si no a Paulino, uno de mi barrio, que lo conozco. A ése se le murió la madre y se volvió loco. Hombre, ya era algo minusválido él, pero con la muerte de la madre se le fue el sentido todo. Se volvió loco. Y es que una madre también puede acabar contigo. Los padres pueden ser muy cabrones, y lo son, eh. Y lo son. Que conmigo eso no va, que el asunto del padre siempre me cogió algo descolocado, además el José era muy pacífico, pero sé yo de muchos casos que me cago en tal. Algunos les pegan a los hijos que no sé cómo después, cuando crecen, no los matan a ellos. O al menos no se las devuelven. No, claro, lo que luego hacen ellos, para desquitarse, es pasarles a los hijos la leña que les dieron. Y así va todo, daos palos los unos a los otros como yo os he dado, que dice el Padre Todopoderoso. Hostia, qué vida. Ya digo yo siempre que la vida es una putada. La vida es una faena que le hacen a uno. Positivamente. Pero a lo que iba, que los padres son de carajo, pero ellas, también, hay que joderse. A veces una madre hace que su hijo, sobre todo esto se da más en los hombres, pues hace que su hijo no crezca del todo. Que no se haga hombre del todo. Como si te dejaran minusválido, que no te vales del todo. O como si te cortaran un pedazo. En fin, ya se sabe, las madres dan mucho cariño y comprensión, pero, a veces, algunas se pasan en lo del cariño. La mía, no. La mía es muy comprensiva. Es una mujer admirable. Pero, por ejemplo, a Galicia le pasa un poco de eso, que aquí debe de ser que hay mucha mujer, que el país también es como una madre de ésas. Que parece que aquí no se dan los hombres enteros del todo. Hombre, no es que no seamos como los demás, eh, a ver si nos entendemos. Pero parece que somos todos un poco parados, como si dijéramos. Así, de uno en uno, no, eh, que somos como cualquiera, o más si me descuido. Pero por junto no valemos mucho, no acabamos de levantar cabeza. Claro que también ya me diréis qué se puede esperar de una ciudad como Santiago, que se hizo a cuenta de un muerto que está ahí enterrado debajo de tanta piedra. A ver qué se va a esperar de un país que ha nacido así. Digo yo. Pero, mira, es una manera de vivir como otra cualquiera. A ver si no, y cada uno vive de lo que puede. Además, cada uno es como es, qué carajo. Eso sí, con las mujeres no hay quien pueda, ¿a que no? Coño que si son poderosas. Porque las mujeres piensan sólo con la cabeza. O sea, quiero decir que los hombres tienen dos cabezas, la de arriba y la de abajo, no sé si me explico. Y lo peor del caso es que tanto piensan con la de arriba como con la de abajo. Si piensan con la de arriba, bien; pero cuando empieza la de abajo a cavilar, la cosa va de culo. O sea, que el resultado no es positivo, como si dijéramos. Cuando le empiezan a venir pensamientos a esa cabrona de ahí abajo, hay que sujetarla firme y sacarle tú los pensamientos para fuera antes de que te vuelva loco o te reviente. Las mujeres, no. Las mujeres piensan sólo con la cabeza de arriba. Además, que otra diferencia es lo de las palabras y los hechos. A ver si me explico. O sea, quiero decir. Me refiero a que los hombres o hacen cosas pero no saben explicarse bien o se ponen a hablar diciendo que hacen y que hacen y no hacen nada. En este país nuestro más bien, aproximadamente, es de esta manera. Lo mío es distinto. Hombre, es algo parecido, pero distinto. Porque yo estoy cavilando, me aplico a darle a la sesera, dale que dale. Yo soy, como si dijéramos, por poner un ejemplo, un trabajador del pensamiento. Un filósofo. A mí me faltan los estudios, pero aun así se podría decir que trabajo científicamente. Más o menos. Pero a lo que estaba. Pues las mujeres tienen un sitio para cada cosa. Un sitio para las palabras, un sitio para los hechos. También tienen otros sitios, claro. Ya me empieza a trabajar la cabeza de abajo. Le voy a dar un toque de cordel. Ay. Carajo. A lo que estábamos. Pues a las mujeres hay que saber hablarles. Ellas quieren que se les hable. Ellas saben muy bien lo que quieren, y lo que quieren es que te vayas acercando a ellas con palabras bonitas. Nada de llegar de sopetón, a lo burro, hala, llegar y besar el santo. Ellas quieren educación. Positivamente. Tenía yo un compañero que se llamaba Eladio, que mira que era feo que le llamábamos Tortuga. Pues el Eladio tenía un algo que tumbaba a toda cuanta moza había. La moza que no era para él, es que no era para nadie. Ibamos al baile, y él bailaba que era una admiración. Les pasaba por la cintura aquellas manos tan finas que tenía, que parecían de costurera, y empezaba a hablarles. Esto así, esa otra cosa de otra manera. Y se iba acercando y venga a hablarles cada vez más dentro de la oreja que mismo parecía que les hacía cosquillas con la lengua. Y ellas venga a dejarse, que se apretaba, y venga a reírse. Y ya estaba. El Eladio era un portento. No sé si no las hipnotizaría por la oreja. Tan bien les sabía hablar que ellas ya no lo veían feo. Las mujeres son una admiración, a ver si no. Ellas lo que quieren es que uno ponga aplicación al estar con ellas. Eso es lo que quieren, que juegues bien el juego. Una admiración. Eso fue lo que me pasó siempre a mí, que nunca le puse el interés debido a ninguna mujer. Y ellas, claro. Yo para eso soy muy burro. Si lo piensas, hicieron bien. Pues con ellas hay que echarle valor y jugar bien el juego, hablarles al oído lo que ellas quieren oír. Como en el cuento de Alí-Babá y los cuarenta ladrones, que había una puerta de piedra muy grande que guardaba un tesoro y si no le hablabas lo que ella quería que le dijeses, pues no se abría y no se abría. Pero a la que le decías lo que ella quería que le dijeses, que era «Abrete, sésamo», pues te dejaba entrar. Las mujeres son lo mismo. Hay que averiguar primero, «¿Qué es lo que quiere que le diga?», y luego decírselo. Todas esas cosas las tengo yo escritas en una libreta que titulé «El Sésamo del amor», que son las maneras y técnicas científicas de entrarle a las mujeres. Y no falla, mano de santo. Lo que pasa es que llevarlas a la práctica pide mucha aplicación. Pero no pienses tú que se conforman luego con las palabras, no. Qué va. Primero, con las palabras te dejan entrar, pero, luego, si quieres quedarte, hechos. Después, si ven que no pasas de las palabras, te echan fuera. A la puta calle. Al principio juegan a que las hagas soñar y tal, pero cuando te das cuenta han bajado ya a tierra y quieren compromisos en firme. Ahí, amigo mío, es cuando hay que ser rápidos y reaccionar, o les dices que vale, o desapareces disparado. Coño, es que las mujeres son de aúpa. Con ellas no puede uno andar descansado, hay que estar alerta; si no, te puedes ver en un compromiso. Eso sí, yo les tengo admiración y estima. Lo malo es que son ellas la puerta para esta vida, que es una desgracia. Y el caso es que ¿quién les manda traernos aquí, si esto es una trampa? Eso es que no lo piensan, que si lo pensaran puede que se estuvieran quietas. Mira por ejemplo lo de mi cuñada Elisa, que le mataron un hijo que tenía. El muchacho se juntó con una pandilla del barrio y andaba haciendo tonterías por ahí y un fulano de un quiosco fue y le metió munición. La pobre se queda ahora con un niño que es mongólico, el pobrecico se pasa el día con unos auriculares de radio en las orejas mientras mira la televisión sin voz. Cuando ella quiere que el chico vaya a la cocina a cenar, pone un vídeo en el que sale ella haciéndole señas para que vaya a comer. Cuando él ve a su madre en la tele, pues se levanta y va. Una pena, una calamidad. Tendrían que meter al chico en un colegio de esos especiales, pero ella dice que le hace mucha compañía. Uno piensa que la vida es mala porque no cae en que puede ser peor.

MI NOMBRE (CHEPITO)

Chepito me llaman, aunque mi gracia es José, como mi padre, que también se llama José aunque todos le llaman Niño José. Mi país es Guatemala, aunque pronto me van a sacar de aquí. Yo no lo sé, pero mis papis me vendieron por veinte dólares a este hombre y a esta mujer gringos, que me están tratando muy bien y me hablan dulce y me dan a comer cosas sabrosas. Yo no lo sé, pero cuando lleve ya un mes en esta casa con estos señores y estos otros niños y ya esté más lucido, vendrá a recogerme un señor de gafas oscuras que habla poco y me llevará en avión a los Estados Unidos, que me ha de gustar mucho viajar y ver todos esos edificios y luego me llevarán a un hospital todo grande y bonito y allí me pondrán una inyección y me voy a quedar dormido. Entonces me abrirán todo y me sacarán todas las tripas para fuera, y el corazón, y los ojos, y después se lo irán poniendo todo a los hijos de los señores de por allí que están malitos y lo necesitan, y así haré muchos amiguitos de mi edad. Pero cuando me maten ha de quedar algo, una cosita pequeña, una palabra quizá, que no perdonará y quedará maldiciendo. Maldiciendo los nombres de todos los niños que reciben mis pedazos, maldiciendo los nombres de sus padres que los compraron y el del país al que me llevaron. Mi nombre, Chepito, no perdonará, y quedará dando vueltas y más vueltas, maldiciendo sus nombres. Y yo seguiré sufriendo mientras ellos duren.

CUIDADO (CON LAS EPIFANÍAS)

Hay que tener cuidado, hay que tener mucho cuidado. Vive uno tan tranquilo, como si nada, hala, con toda naturalidad. Sin pensar las cosas. Como si todo ocurriera de manera natural. O mejor, como si las cosas ocurrieran así por fuerza y no pudieran ocurrir de otra manera.

Más vale prolongar al máximo ese estado de semiinconsciencia y dejar que todo vaya yendo con apariencia de lógica y de orden, no mover mucho la cabeza a los lados y seguir de frente con gesto manso. A no ser que te entre el vértigo. Cualquier cosa antes que eso. Darse bofetadas reiteradas, repetir una y otra vez el movimiento o la acción que se está realizando en ese momento, cantar una canción conocida con voz fuerte de manera que no oigas nada nada, recitar un poema u oración todoseguidoamuchavelocidad. Caballi-to fue-a-mear a la puer-ta-del-con-ventoooo y la monja del-lugar-a-ga-rró-el-ins-tru-men-tooo, todo, todo, con tal de que no te entre el vértigo. Uno no puede saber cuándo puede surgir, salta de pronto y, si no reaccionas ligero, te atrapa y ya no te suelta nunca, nunca. O casi nunca, que alguno de vez en cuando siempre se libra. Con eso pasa como con todo. Pero más vale estar atento y tener mucho cuidado. Ojalá no se nos instale nunca un abismo así dentro de uno. Es lo peor que te puede ocurrir.

A mí, digo la verdad, me asaltó un vértigo una vez y me tuvo bien cogido. Sí señor. Menos mal que tuve mucha suerte, mucha, y me pude librar.

Estaba yo tan tranquilo sentado ante la mesa de la cocina de casa. Tenía delante un plato con un bocadillo de salchichón que acababa de preparerme. Y cuando iba a echarle mano para comerlo, de pronto me vino el vértigo.

Me quedé parado con una visión nueva de todo, como si fuese una iluminación, y lo vi todo ajeno a mí. Mi mente estaba alerta, con el tiempo en suspenso, y me sentía como hueco por dentro y viéndolo todo delante de mí como si fuera por primera vez. Allí, delante mismo, aquel extraño objeto alargado de apariencia blanda en el que asomaban por los lados como pieles con agujeritos rojos, todo sobre un círculo blanco brillante. A cada lado, posados en la superficie lisa con flores pintadas, unos bultos de los que salían cinco largos pedazos de carne. Los miré con atención, estaban unidos a mí por una prolongación que entraba por la manga de la camisa. Salía de mí, eran parte mía todo. Allí estaba aquella carne que terminaba en cinco babosas. Lo veía todo delante de mí, pero para mí era como si estuviera muy lejos de mí. No sé cuánto tiempo duró aquello. Quizá fue sólo un momento. Nada. La verdad es que no lo sabría decir. Pero yo pensé y dije si esto es parte mía, yo puedo gobernarlo e hice fuerza como si mirando muy fijo para aquellos pedazos de carne me agarrara a ellos con un ancla y luego, poco a poco, fuera tirando de una cuerda y fuera viniendo, viniendo, hasta llegar con esfuerzo a sentirme cerca de lo que tenía delante. En cuanto me sentí así, que ya estaba delante, dije para mí, ahora voy a decirle a esa carne que se mueva. Miré fijo para aquellas babosas y al fin se movieron algo. Entonces fue cuando dije en voz alta «Bueno, carajo, bueno» y agarré el bocadillo con las dos manos y le pegué un buen mordisco. Con el sabor del pan y del salchichón volví a sentir el peso de mi cuerpo, el contacto del aire y el sentido de las distancias de las cosas. Todo estaba en su sitio y yo comía mi bocadillito. Lo que son las cosas. Mira que si llego a quedar así para siempre... Cagoensós.

(Extraído de la libreta de **NANO**,
Cómo conducirse por la vida.
Experiencias y testimonios clasificados y
recogidos de la gente y de mí)

ES COMO

llorar
reír
andar
parar
comer
respirar
suspirar
comer como comer, andar como parar, cantar como
bailar, reír como llorar, y comer como comer, andar
como cantar, eso y lo otro, y así sucesivamente, a cada
cual según sus necesidades y a quien Dios se lo dé, San
Pedro se lo bendiga. No. A quien Dios se lo premie,
San Pedro se lo bendiga. No. ¿Cómo era?

(De la libreta de **NANO**,
Concierto para la mano izquierda)

MI MADRE, MADRE QUERIDA

Salió del cuarto de baño entre el rumor del agua que entraba en la cisterna. Cerró la puerta y el ruido casi desapareció. Se pasó las manos húmedas por la cara mofletuda y aplastada por el bigote negro, se frotó los ojos. Cogió un número atrasado de la revista *Hola* de encima de la mesa y se dejó caer espatarrado en el sillón del tresillo de skai. Suspiró y se dejó estar inmóvil con los ojos cerrados y la revista en la mano.

Todo iba de mal en peor. La casa estaba toda revuelta y sucia. Si mamá viera cómo la tenía lo castigaría. Pero él no tenía la culpa. Adelina, la asistenta, había dejado de venir porque era ya muy vieja para subir cuatro pisos sin ascensor. Eso le había dicho. Mira tú, también a él le costaba subirlos y se aguantaba. No, claro, pero él no contaba. Él no le importaba a nadie. Y trabajaba en la tienda todo lo que había que trabajar, que cuando murió mamá sólo le dieron tres días para enterrarla y a los tres días allí se presentó él, como si no hubiera pasado nada. Porque él sabía cumplir. Él cumplía con todos, pero los demás ni pensaban en él. Él cumplía con los vecinos, era educado con todos. Tú sé siempre persona, hijo mío, aunque los demás no lo sean. Y él era pesona. La semana pasada le había ayudado a subir una bombona a la del tercero A. ¿Pero a él quién le ayudaba, eh? Le daban ganas de llorar. Cuando pensaba en su mala suerte le daban ganas de llorar.

¿Y por qué no iba a llorar? Claro que sí, si tenía ganas lloraba. Tenía todo el derecho a llorar porque él sabía estar y ser persona como los demás y cumplir en lo que hacía falta. Claro que sí. Y él era muy desgraciado. Por qué se le habría muerto. Sollozó con ruido de lágrimas y mocos. Por qué habría muerto mamá; habría sido mejor que se hubiese muerto él primero. Ya lo decía ella, cuando se muriera quién iba a cuidar de su pequeño. Las mujeres de ahora no eran como las de antes. Qué va. Las mujeres de ahora no saben cuidar de un hombre. Qué va a ser de ti cuando no tengas a tu mamaíta para cuidarte. Las mujeres de ahora sólo sabían andar calentando a los hombres. Después, pasa lo que pasa y protestan. Y, ahora, Adelina cogía la jubilación y él se quedaba solo del todo. Cómo le gustaría que viviera mamá para que viese lo que le había hecho Adelina. Lo dejaba abandonado con el cuento de que iba ya vieja para subir escaleras. Como si él no tuviera que subirlas también. Y él, aunque tenía cuarenta años, siempre había sido delicado de los pulmones. A ver qué diría mamá si viese lo de Adelina. Aún no hacía un año que había muerto y ya lo abandonaba a él. Visto esto, a mamá no le extrañaría nada que tuviera así la casa. A ver qué iba a ser de él ahora. Con la jubilación de Adelina quedaba solo del todo. Solo en el mundo. Por culpa de mamá, por qué tuvo que morirse. Le pedí que no se muriera, pero ella nada.

Apartó la revista de la cara, sacó un pañuelo arrugado del pantalón y se sonó los mocos. Pronto sería el aniversario de mamá, faltaba poco más de un mes. Se levantó y fue al aparador, cogió una cassette de vídeo que tenía escrito en el costado: «Últimos días de mamá.» La introdujo en el reproductor de vídeo. Lo encendió, y también el televisor.

Fue a la ventana y bajó las persianas dejando que entrase sólo la luz de unas rendijas en la parte superior. Se paró a una distancia de metro y medio del televisor, alzó algo las perneras del pantalón y se arrodilló. Se santiguó y juntó las manos para rezar mirando la pantalla con los ojos muy abiertos.

ESO ES LO DIFÍCIL

Tu crees, mamalón, que es digna de loa y aprecio la práctica de la virtud, porque en la práctica de la dificultad está el camino de la superación, y por eso me tienes a menos. Pero yo te digo que el mantenerse inmóvil, impasible y distante ante una mujer joven, regordeta y de gafas, a la que le da un vahído y cae en la acera-abatida y con gesto desordenado y daño de sus rodillas, carrera en la media, quedándole los zapatos colocaditos a su lado uno junto a otro pero sin pie dentro como si los hubiera colocado ella así y no quedaran de esa manera casual por una caída indudablemente provocada por el estado de gestación avanzada en que se encuentra, esa barriga. Considerar primero inmóvil la cara de patético mareo de la joven, regordeta y de gafas, que sigue caída con los ojos extraviados y está sentada en la acera sin fuerzas para alzarse sola y recobrar la dignidad y compostura perdida indudablemente por obra del vahído que originó la caída mientras que por la misma acera se acerca presuroso un grupo de tres mujeres, tres que lo miran a uno, inmóvil, y luego la miran a ella, caída y desvalida, dispuestas a socorrer a la pobre mujer que precisa ayuda. Contemplar impasible cómo las tres mujeres se afanan con movimientos urgentes y gestos estremecidos en dar aire primero con ágiles vaivenes de mano a manera de paipai a la mujer joven regordeta y de gafas que fruto de un avanzado estado de gestación, pobre, ha sufrido un mareo y semiyace ahora en la acera rodeada por las tres damas que destilan miradas heladas reprobatorias dirigidas a uno, que observa cómo las tres proceden, a, segundo, ayudarla a alzarse brrrrrindando apoyo y huelgos y aliento a la que lo precisa ya algo recobrada de la súbita pérdida de consciencia y, tercero, ayudan a la desafortunada mujer a dirigir sus pasos espaciados hacia un sanatorio no lejos de allí y que es propiedad de un doctor amigo de una de ellas, no, de todas ellas, claro que sí, donde le serán prestados los necesarios cuidados propios de su estado. Mirar distante cómo se aleja la tríada solícita llevando entre ellas a la desgraciada mujer joven, regordeta y de gafas, que acaba de pasar un mal momento fruto de su estado de avanzada gestación de avanzada gravidez y que va ahora sostenida y protegida por las que de vez en cuando envían alguna mirada cargada de desprecio y de reprobación hacia uno que se mantiene inmóvil, impasible y distante. Eso es lo difícil. Carajo si no.

NO ME PEGUES

No me pegues. Papá, no me pegues, no me pegues más. No me pegues con mano abierta, no me pegues con mano cerrada. No me pegues en la cabeza, no me pegues en la cara. No me pegues. Papá, no me pegues. No me des con el cinto, que me haces llorar. No me pegues papá, no me pegues más.

TRAGA (AMOR)

Traga, traga, cabrona. Nada. Venga, más. Traga más. Así, así. Nada, no quieres. Hoy no me quieres, eh. Hoy, no, puta. Seguro que ya se lo has dado a otro. No me esperaste a mí. Aah, nada. Otra más. Ahora. Nada, tampoco. Pues yo no te voy a soltar. No, ya verás. Te lo he de dar todo. Te lo he de meter todo. Todito. Venga, adentro. Ahí. Nada, no quieres. No quieres a este viejo, eh. Otras veces quisiste. Pues te tengo agarrada y no te suelto. Hasta que me lo des no te dejo. Te lo he de sacar, te he de ordeñar bien ordeñada, puta. Te lo he de sacar todo. Aunque me quede sin un duro te he de sacar el «especial». Venga, ahora. Aaaah, puerca, nada.

Anda, bonita, venga. A ver, sí, a ver ésta, ahí va. A ver, a ver. Nada. Puta. Nada. Me vas a dejar sin nada. Pero yo no te suelto. No. Qué va. Me lo has de dar a mí aunque no quieras.

MATER MORTA

En la pantalla mamá vestida con el abrigo de piel camina encogida y despacio por la era de casa de los abuelos. Me mira y saluda con la mano. Holaaa, Paulinooo. Sácame guapa. Pobrecilla, qué cara tan acabada tenía ya, ya apenas podía andar. Mater divinae gratiae. Pero aun enferma seguía siendo guapa. Sí, muy guapa. No había ninguna mujer de su edad tan guapa. Ni siquiera las más jóvenes. Hoy ya no hay mujeres guapas. Mater purissima. Una mujer decente. Mater castissima. Mater inviolata. Mamá se detiene delante de la puerta de casa de los abuelos. Zoom, primer plano. Paulino, prométeme que cuando me cure repararemos la casa de mis padres. Hay

que contratar hombres que vengan a pintar y retejar. Sí,
mamá, como quieras. Ya sabes que sí. Mater intemerata.
Pobrecilla, siempre preocupándose. Cuánto quería a sus
padres. Mater inmaculata. Por qué moriría. Ahora nadie
me quiere. No debió dejarme solo. Paulinooo, el niño
de su madreee. Mamá me tira un beso. Qué guapa era.
Cómo me quería. Mater amabilis. Nunca nadie tuvo una
madre como mi madre. Mater admirabilis. En la pantalla, mamá yace inmóvil en la cama. Mira al techo de la
habitación y respira con dificultad. Lleva el camisón rosa. Qué voy a hacer ahora que me falta ella. Mater boni
consilii. He tenido más suerte que nadie en el mundo.
Tuve mucha suerte de que mamá fuese mi madre. Mater
Creatoris. Me eligió a mí para ser su hijo. Mater Salva-
toris. Qué manitas tan delgadas tenía la pobre. Siempre
se preocupó por mí. Virgo prudentissima. Fue la mejor
mujer y la mejor madre. Virgo veneranda. Mamá,
mamá, mira para la cámara. Ella mueve algo los ojos e
intenta sonreír. Por qué murió y me dejó. Virgo fidelis.
El cabello blanco reposaba peinado sobre la almohada a
ambos lados de la cabeza. Speculum iustitiae. Siempre la
tuve limpia y arreglada hasta el último día. Ella lo sabía,
mantuvo el entendimiento hasta el final. Sedes sapien-
tiae. No dejé que Adelina la tocase, yo me encargué de
limpiarla con una toalla húmeda todos los días y de pei-
narla. Como ella hacía conmigo cuando yo era pequeño,
y cuando estuve enfermo. Causa nostra letitiae. Mientras
vivió ella, fui feliz. Ella se preocupó de que no tuviera
ninguna pena. Vas spirituale. En la mesita de noche está
el retrato de papá. No hubo manera de hacérselo quitar.
Vas honorabile. Y eso que murió hace tantos años, a
poco de nacer yo. Rosa mystica. Pero a él no lo quiso
como me quiso a mí. La imagen se desvía y desaparece
la mesita de noche. Aparece ahora la coqueta con el espejo en el lado contrario. Ahí estoy yo reflejado en el

espejo con la cámara enfocando a mamá. Torre eburnea. Qué va a ser ahora de mí sin mamá para acogerme al llegar del trabajo. Domus aurea. Por qué tuvo que querer antes a papá. A papá no lo quiso, a ella no le gustaban los hombres. Stella matutina. Ella era distinta. Quién sabe, puede que papá no haya existido nunca. Puede que lo inventara ella. Refugium pecatorum. Recortó la foto de una revista. Consolatrix afflictorum. No debió abandonarme. Me dejó solo. Regina angelorum. Sabía que Adelina me dejaría, que yo no tendría quien me cuidase. Regina martyrum. Mamá, mamá, mira hacia aquí. Mira para Paulino. Pero ella no mira. Regina sanctorum omnium. Debería haber mirado. Yo quería quedarme con una imagen de ella mirándome, como recuerdo. Antes de que se fuera. Regina in caelum assumpta. Cuando un hijo le pide algo así a una madre, la madre debe hacerlo. Regina Sacratissimi Rosarii. Ahí está la imagen de la tumba en el cementerio. Se la encargué de mármol negro, como ella quería. Y le puse letras doradas. María Seijas Padín. 17-11-92. Regina Pacis. Descanse en paz. Su hijo, Paulino Seijas Fernández. Exaudi nos. Sobre la losa, flores amarillas en el frasco de cristal se mueven con el viento. Tendría que volver a llevarle flores. Una madre no abandona a un hijo. Miserere nobis. Era como las otras: me dejó abandonado. Para hacerme llorar. Ora pro nobis. Siempre le gustaba hacerme rabiar y meterme sustos. Mater puta. Si me quisiera, no me dejaría así tirado. Mater putissima. Lo hizo para que yo sufriera, para hacerme llorar. No me quería de verdad. Quién le mandó parirme si luego iba a abandonarme. Se corta la imagen de la tumba. En la pantalla aparece el Coyote prendiendo fuego a una mecha que va a parar a un inmenso roquedal. Ahora le va a estallar a él. Pasa el Correcaminos a toda velocidad. Ahora le va a estallar a él. Nada; no estalla. Ah, ya sé, ahora se acerca el Coyote para ver por qué no ha estallado. El Coyote se acerca a las rocas, al fin estalla, las rocas suben alto y vuelven a caer. El Coyote me mira, ja, ja, ja, sabe que le va a caer encima. Plof. Aplastado por la roca. Ja. ja.

Se levantó y se frotó las rodillas mirando la pantalla. El Coyote ahora estaba construyendo un arco gigante. Ésta ya la había visto. Se sentó en el sillón frente al televisor. El Coyote ataba un cartucho de dinamita gigante en una flecha gigante. Sacó el pañuelo arrugado y se lo pasó por la cara y por los ojos con la mirada atenta a la pantalla.

MIMOS

Ah, es tan agradable que me quieras, tan confortable el sentirse querido. No sabes la amargura toda de mi infancia. No sabes de una infancia llena de pajarillos y perros muertos, llena de tardes en que no acaban de llegar, y cuando llegan casi no te hacen caso, llena de días de lluvia. Tú no sabes lo que es eso, no tienes ni idea. Calla, calla, qué vas a saber tú. Para sufrir, yo. No sabes qué envidia te tengo de esa infancia tan risueña que dices que tuviste, pero quiéreme, quiéreme con mimo y acaricia mi pelo mientras te hablo. Quiéreme y di cosas bonitas. Di que soy muy guapo, di que soy muy listo, di que me quieres, di que soy tu niño. Quiéreme con cariño. Di que me quieres, pero no me escupas al hablar. Dímelo con más gracia, poniendo sentimiento. Sigue, sigue. No pares. Así vas bien.

WINTERREISE

El paisaje de invierno habla despacio y terrible. Llama por todo lo peor, lo más malo de mí. Se me asoma por la embocadura de los ojos y llama, llama. Llama y acuden las tristezas, primero una más osada, y luego todas en recua amontonada. Y abren mis ojos hasta reventarme el globo ocular y los párpados, un agujero más enorme que me va ocupando la cara toda. Un puto manantial que vierte en catarata la tristeza que cae y moja los pies. Los moja poniéndome perdido.

Por eso estoy hasta los cojones de tanto paisaje de invierno. De sus colores impúdicos mortuorios y de su luz enmierdada y de la madre que lo parió siempre sacando la mierda para afuera, siempre desenterrando muertos. Los muertos son para estar tranquilos. Los muertos y la mierda son para ser guardados, que no les dé el aire. Todos tenemos muertos, todos tenemos mierda. Tanto paisaje de invierno, tanta hostia. Por qué me pone así. Por qué me hace mal de esta manera. A ver, ¿eh? Nunca sé bien a quién reclamar en un caso así.

INTENTA ESCRIBIR
CON LA MANO
IZQUIERDA, VERÁS
QUE NO ES FÁCIL
CUANDO YA HAS
ESCRITO ALGO TE
PARECE QUE NO VALE
PARA NADA. NO
TENDRÍAMOS QUE
ESCRIBIR NUNCA CON LA
MANO IZQUIERDA O
HACERLO SIEMPRE
UNA DE DOS.

DE SOSLAYO

Quizá lo haya notado antes y no se acuerde. Seguramente de chiquillo, alguna vez, probablemente alguna
vez que estaba solo en casa y de pronto tuvo miedo sin
saber de qué. Una sensación, una percepción, que te parece que tienes en un momento determinado y luego no
haces caso de ella. Boh, bobadas, una figuración mía, me
lo pareció, pero no, y sigues en lo que estabas haciendo
con la determinación de olvidar eso que te inquietó.
Pero ayer había tenido esa sensación claramente.

Cuando bajó del coche en el garaje solitario le pareció
que había alguien a su lado, volvió la cabeza ligero, y
nada. Pero fue una sensación muy nítida. Y ahora también.

Cuando entró en la cocina y abrió el frigorífico le pareció notar que había alguien a su lado. Volvió la cabeza y no vio a nadie, pero durante una milésima le pareció entrever una sombra a su lado mientras volvía los ojos. Vio algo.

Quizá era algo o alguien que lo seguía, o que habitaba en su proximidad. Quién sabe lo que había en nuestra vecindad y que no conocíamos. Quién sabe si no habría seres que acechaban a las personas y que no se dejaban ver. Pero él lo había visto, había visto una sombra en un movimiento fugitivo. Una sombra o algo. Qué sería ese algo.

Fue quizá el ángel de la guarda. Puede que sí. Claro, pudiera ser que el tal ángel existiera realmente. Siempre ahí, acechante. Ahora lo estaría viendo, parado y con la puerta del frigorífico abierta y un yogur de fresa en la mano.

Sentía el frío del yogur de fresa en los dedos. Estarse quieto, inmóvil. Y ahora, si movía los ojos despacio, de reojo, abiertos al máximo, podría verlo. Despacio, despacio.

NO HAY NADA COMO EL FUTBITO

Me río e intercambio gracias con los amigos y juga-
mos los vinos a los chinos y decidimos jugar un partidi-
llo de futbito este sábado a las seis y seguimos haciendo
chistes a gritos y ahora nos reímos mucho porque ya estamos hablando de mujeres. De mujeres. Ay, qué risa,
de mujeres. Lo que nos reímos cuando hablamos de mujeres mis amigos y yo. Nos reímos mucho todos. Casi
siempre que nos reunimos intercambiamos gracias y ju-
gamos los vinos a los chinos y decidimos jugar un parti-
dillo de futbito este sábado a las seis y luego seguimos
haciendo chistes a gritos y luego nos reímos mucho porque no me digáis cómo pero ya estamos hablando de

mujeres. De mujeres. No me digáis que no es de risa, de mujeres. No sé por qué, pero si estábamos hablando de otras cosas mis amigos y yo, los chinos, los vinos, el futbito de los sábados, por qué no seguimos hablando de esas cosas y empezamos a gritar, gritar más aún y a reirnos mucho más aún porque cuando nos damos cuenta ya estamos hablando de mujeres. Pero mira tú qué risa, de mujeres. Lo que nos reímos mis amigos y yo. Nos reímos mucho todos. Y no sé por qué pero después nos quedamos todos serios y pagamos y nos vamos como si nos entrara a todos así como mucha tristeza no sé por qué. Pero la tristeza no dura, llegamos a casa, comemos verdura y ya se va pasando, y le damos un beso pequeño a la mujer y, hala, ya casi ha pasado, hay que ver, de todo, de este modo, y para cuando llegas al tajo ya estás pensando en verte con los compañeros otra vez para reirnos mucho. Ay, qué risa, cuánto nos reímos los hombres. Pero lo que más me gusta es jugar al futbito.

(Extraído de la libreta de NANO:
Cómo conducirse por la vida.
Experiencias y testimonios clasificados
y recogidos de la gente y de mí)

LA FERTILIDAD DE LA MUERTE

«Juventud y leña verde, todo es humo», sentencia el dicho. Y un viejo como yo tiene que creer en el dicho. El escepticismo de la vejez es aparente, ciertamente que es tiempo de certezas. Cierto.

Contra la idea superficial y voluntarista de que la plenitud del ser humano se alcanza en la juventud, declina en la madurez y se degrada en la vejez, propongo la contraria, más realista.

Lactancia, infancia, adolescencia, juventud, madurez y vejez son un continuo de perfeccionamiento para acabar la obra rematada, es decir: perfecta. Acabada. El viejo en el instante de la muerte.

Que la contemplación de la naturaleza me proporcione de nuevo la iluminación. Las nueces y las avellanas guardan el fruto bajo la cáscara. Nosotros guardamos la cáscara dentro de la carne. Pero, poco a poco, conforme· madura la carne protectora, va dando el fruto: la cáscara. Esa cáscara blanca, esa calavera, es el fruto de nuestra existencia.

Cuando esa calavera es enterrada libera la simiente, nuestra muerte y el entierro es el requisito para que nazcan nuevos individuos. Que también madurarán.

En el espejo de mi cuarto veo todos los días un poco más el fruto que aguarda bajo ese pellejo arrugado, y me tarda ya el día de la metamorfosis. Creo que estoy cada vez más cerca del verdadero conocimiento. No sé si tendré paciencia para esperarlo inmóvil. «Una blanca capa de nieve empapó mi pelo. Me hizo creer que ya era viejo y eso me llenó de alegría.»

(Manuscritos de **Isidro Puga Pena**)

HABLA, HABLA

Habla, habla, y nota las palabras trepando por garganta, epiglotis, lengua y con sus poderosos brazos piernas extremidades múltiples abren y cierran abren y cierran tu mandíbula y saltan explosivas, resueltas, irrefrenables de tu boca y quisieras no haberlas convocado, pero lo has hecho y vinieron y las dijiste. Frunce los labios ahora hasta hacer arruguillas por encima y por debajo y arrugas más hondas en los lados da lo mismo porque ahora no quieren salir y aunque salieran es igual porque el daño ya está hecho y ya más vale no decir nada que ya lo dirás cuando no quieras más tarde, que subirán de nuevo enloquecidas y tú no las dominarás, tú habla,

habla, hasta que un día te hartes y ese día harás fuerza con los maseteros y con los risorios y cerrarás decidido el paso a esas desvergonzadas y ellas subirán llegarán allí y no tendrán hacia dónde salir y luego vendrán otras detrás empujando que no se puede salir pero vienen más y te arañarán primero cabreadas luego desesperadas en el paladar y morirás muy despacio llevándote la mano a la garganta y abriendo mucho la boca pero ya es demasiado tarde, ah, carajo, porque ellas ahora ya son sólo como si fuesen así bichitos pequeñines que agonizan ahogados unos por los otros y así entonces ya no hablarás más. No, carajo, no.

ESTABA AHÍ

Manteniendo inmóvil el cuerpo volví la cabeza y los ojos rápidamente, incluso con dolor, y lo vi. Desapareció. Pero lo vi. Estaba acechándome. Se desvaneció, pero, antes de que lo hiciera, lo sorprendí. Intento retener lo que vi, que no lo olvide. Tengo que retener ese instante tan valioso. Si puede, intentará conseguir que lo olvide, convencerme de que no vi nada. De que no había nadie. Pero sí que había, sí que lo vi.

Eran unos ojos fijos. Unos ojos que no pestañean. Eran claros, como si no hubiera nada dentro. Pero tenían fuerza, la fuerza de acechar. Claro, está vigilándome siempre. Ahora mismo estará acechándome, observando impotente mis gestos de concentración, mis esfuerzos para recordar y grabar en la memoria su figura. Tengo que seguir, tengo que seguir. Los ojos eran mansos, aunque tenían fuerza. Pero eran mansos. Los ojos de un visitante bueno. El ángel de la guarda.

Había visto al ángel de la guarda. No lo podía creer. Él, que no creía desde niño en el ángel de la guarda. Cosas de niños, como los Reyes Magos. Había dejado de creer en él antes de dejar de creer en Dios. Pero, entonces, también Dios existiría. Existía todo. Todo. Pronto, tenía que recordar más, acababa de escrutar un misterio demasiado importante como para dejarlo. Cómo era, cómo era. Alrededor de los ojos. No recordaba nada alrededor. Sombra. Sí, alrededor había sombra, leve, desdibujada. Sólo tiene ojos, claro. No habla. Pero también debe de oír, debe de tener algún tipo de oído. El ángel de la guarda.

Querido ángel de la guarda. Te he descubierto. Así que era cierto, era cierto que estabas ahí haciéndome compañía. Protegiéndome. De qué. ¿De qué carajo me has estado protegiendo? De nada, de nadie. Vigilándome, lo único. No hiciste nada más que acecharme, espiarme. Nada más. ¿Cuándo me ayudaste en algo? De pequeño me podías haber ayudado cuando algún grandullón abusaba de mí. Me podías haber ayudado de cualquier manera, avisándome para que me fuese, o ayudándome a vencerlo, yo qué sé. Pero no, cuando alguien me zurraba tú estabas ahí mirando. Mira que mira, mientras papá me pegaba por cualquier cosa. Ah, cabrón, qué mal te quiero. Te he de coger y te he de matar. Y detrás ha de ir quien te envió. A ése no pienso perdonarle. Lo juro por Dios.

MI HERMANO

Hoy me llevaron en coche a una revisión al hospital. Por el camino vi desde el coche a aquel muchacho que por lo visto es mi hermano. Estaba hablando con uno que vendía helados. Ya debe de andar por los cuarenta años. O puede que más, cincuenta. No lo sé fijo. Quizá no haya cumplido aún los cuarenta y ande por los treinta y tantos. Me dijeron que era algo infantil. «Algo paradito», dijo exactamente mi tía Lourditas. También yo he pasado mi vida parado, inmóvil. En eso sí que somos bien hermanos. Dicen que también bebe. Siempre he tenido la tentación de aproximarme a él y presentarme, «qué tal, hermano».

Sabe Dios de qué estaría hablando con el del carrito de los helados. Éste no ponía cara de escuchar con mucho interés la charla animada de mi hermano. Debí haberme acercado a él cuando tenía aún salud para hacerlo. Probablemente podía haberle ayudado, no creo que le sobren los cuartos. Y, quién sabe, a lo mejor también podía haberme ayudado él a mí, quizá podía haberme enseñado tantas cosas que yo ignoré y que hasta la vejez misma ignoré que ignoraba.

Pero también tendría que haber ayudado a la madre. La vi por última vez hace unos diez años. Estaba parada en el portal de un edificio, hablando con otra mujer. Llevaba un mandilón azul y sostenía en la mano una escoba. Debía de trabajar de portera en aquel edificio. Volví a pasar otras veces por delante de aquel edificio, pero nunca más la vi. Aunque la hubiera vuelto a ver, tampoco me habría atrevido a hablarle. Seguía siendo una mujer guapa, aún vi en ella a aquella criada joven a la que quise. Estaba más gorda y con arrugas que contaban años de cansancio, pero conservaba aquella mirada serena y firme que me enamoró.

Cuánto daría yo porque aquel hijo fuera mío y no de mi padre, que ese muchacho «paradito» fuese mi hijo y no mi hermano. Pudo haberlo sido, si yo me hubiera decidido. Qué triste vida la mía. Es posible que ella luego haya sido feliz por su lado. Tuvo más hijos con otro hombre. El mío era un amor demasiado puro, demasiado platónico, demasiado estéril. Era un amor de muchacho inútil, pero era amor. Creo que fue precisamente de ese amor de lo que mi padre tuvo celos. Creo que fue incluso el instinto de dispararle a un pájaro o romper el tallo de una flor lo que le movió. No creo que la deseara mucho, ella no era tan hermosa, fue simplemente que observó mi amor sencillo y torpe y tuvo celos de ese sentimiento que él nunca pudo tener. No fue por amor a ella, fue por celos de mí. Y por humillarme una vez más, claro. Sólo por esto ya lo habría odiado, aunque previamente no hubiera sido mi padre.

Aunque, en rigor, lo único que hizo fue representar su papel con naturalidad implacable. Ahora, cuando siento la presencia de los dioses que acechan en mi cuarto de sanatorio, es cuando me doy cuenta de que cedo al odio. Conservo el resentimiento, pero ya no lo puedo disparar en odio a nadie, ni siquiera a mi padre. Cronos mata, pero no nos permite morir con dignidad, no nos permite retener los odios a que tenemos derecho.

Creo que dedicaré a mi padre la pequeña escena teatral que espero terminar antes de que mis odios, esos venenos secretos, lo más mío que he tenido siempre, se desvanezcan por completo. Antes de que sólo queden recuerdos y más recuerdos, pero todos inanes. Creo que la titularé *Revisión del Teatro Universal*. O, quizá, *Revisión de la Historia Universal*. Será un regalo que le llevaré cuando muera y nos volvamos a mirar. De hito en hito.

(De los manuscritos de **Isidro PUGA PENA**)

(BREVE RESUMEN
DEL TEATRO UNIVERSAL)

> ¡Qué terrible es este lugar! No es
> sino la casa de Dios y la puerta de
> los cielos. (*Génesis*, 28, 17)

DRAMATIS PERSONAE:

ÉL (Alto, barbudo. Viste sayos largos como Iaveh, como Cronos, como Herodes...)
ELLA (Más pequeña. Lleva también vestes largas, de color azul celeste y blanco)
NIÑA (Gretel)
NIÑO (Hansel)

ESCENA ÚNICA
(En el centro del escenario, una casa con escalera exterior que sube hasta la puerta y se prolonga en una solana.

De la solana cuelgan ganchos de carnicero con tiras de carne y costillares. También espigas de maíz. También grandes cuchillos. Al otro lado de la fachada, una galería con traza de cárcel en la que asoman caras inmóviles, fotos en blanco y negro o sepia, de niños asustados.

Del lado derecho viene un camino que va hacia la casa. Se supone que la casa está dentro de un bosque.)

(Entra ÉL por el lado derecho del escenario. Detrás va ELLA, pendiente de ÉL, dispuesta y sumisa. ÉL va haciendo paradas en las que habla de manera teatral. ELLA lo sigue.)

ÉL: (Grave, autoritario y teatral. Actuando.) Bien sé que me haces ofrendas, Abraham. Los mejores corderos de tu rebaño. Coge ahora a tu hijo, el único que tienes y al que tanto quieres, Isaac, y vete al país de Moriah. Allí me lo ofrecerás en sacrificio en la cima de una montaña que yo te mostraré.

ELLA: (Imitando la voz de un niño.) Padre, llevamos fuego y leña, pero ¿dónde está el cordero para el sacrificio?

ÉL: (Conteniendo la risa, imita a un padre angustiado, aunque sereno y firme.) Hijo mío, en cuanto al cordero, Dios proveerá.

(ELLA se arrodilla con las manos atrás y ÉL alza el brazo como para asestarle un golpe en la nuca. ÉL se aparta a un lado inmediatamente, y habla ahora solemne poniéndose sobre las puntas de los pies y mirando hacia abajo.)

¡Abraham, Abraham! No mates al niño. No pongas tu mano en el muchacho ni le hagas mal alguno.

(ELLA ahora se levanta, y se ríen los dos. ÉL con más entusiasmo. ELLA menos.)

ELLA: ¡Ésa sí que fue buena!

ÉL: ¡Vaya si lo fue! Está mal que lo diga yo, pero sí.

(Avanzan un par de pasos.)

ÉL: Oye.

ELLA: Di.

ÉL: ¿Y recuerdas a Cristo? (Finge estar apenado.)

ELLA: Cómo no me he de acordar, pobre.

(Se miran. Se echan a reír.)

ÉL: (Imitando el sufrimiento de Cristo.) «Eloí, Eloí, lamá sabactaní.» Dios mío, Dios mío, ¿por qué me has abandonado?

ELLA: Pobre. Hasta daba lástima. Una pena, aquel muchacho...

ÉL: Y después, cuando me llamaba desde la cruz. Ahí era cuando más gusto me daba.

ELLA: Tu maldad no tiene límite.

ÉL: (Orgulloso.) Y, encima, le mandé detrás a Saulo para que cambiara sus doctrinas.

ELLA: Pobrecillo. Le dijiste que iba a resucitar inmediatamente. Pues si llega a resucitar y ve cómo le cambiaron las predicaciones. Anda, vamos a casa. También nosotros necesitamos ese sosiego que dan el hogar y el lecho. (Empieza a subir los escalones de la galería con cansancio. ÉL va detrás, pero con energía.)

ÉL: Yo, no. Mi ánimo no desmaya. Sólo necesito comer carne; mi apetito es insaciable. Lo que sí me fastidia es andar siempre vestido de carnaval: de Dios, de Cronos, de Moloch... Todo por la carne.

ELLA: Hasta tú tienes que andar del modo como te visten los hombres...

(En la solana. Poniéndose los dos unas batas de casa guateadas que ELLA sacó del interior.)

ÉL: Sólo los niños me conocen. Sólo ellos me ven como soy realmente. Son listos los chiquillos. Sí, hombre, sí. Sólo los niños me ven y me conocen. Si no hubiera niños...

ELLA: (Con la vista ida, frotándose las manos.)

¡Aquí, aquí hay aún una mancha! ¡Fuera, mancha condenada! ¡Fuera he dicho!

ÉL: (Mirándola.) Ya ha empezado esta loca con sus manías. Bah. Pues sí, hombre, de no ser por los niños, ya ni sabría quién soy de tanto andar disfrazado. Pero ellos sí que me conocen sin duda. «¡El Sacamantecas, el Sacamantecas!», gritan al verme. Hasta en sueños me conocen: «¡El Sacamantecas, el Sacamantecas!»

ELLA: (Ida.) ¿De qué vamos a tener miedo? ¿Quién va a saberlo, si nuestro poder no tiene que dar cuentas a nadie? ¿Es que no voy a acabar jamás de tener limpias estas manos?

ÉL: Ya está la loca con sus remordimientos. ¡Mierda para ella! Si no fuera que me es útil, ya la había despachado hace tiempo. Boba.

(Le grita a ELLA, que no lo oye.) ¡Pues lo que más me gusta es comer los hijos que me das, apenas te salen de la barriga! Bien tiernecitos. Las piernecitas, los bracitos. (Pone voz de niño.) «¡No me comas, papá Cronos, no me comas!» ¡Pues claro que te como! ¡No faltaba más! ¡Ñam! ¡Ñam! Ja, ja. Estúpida.

ELLA: Aún no se ha ido el olor a sangre. No bastan todos los perfumes de Arabia para limpiar estas manos tan pequeñas.

(Entran en escena una niña y un niño. La niña cuida de su hermano, muy pequeño aún. ÉL observa silencioso como se acercan a sus dominios. Los mira desde la solana.)

NIÑO: No puedo ya con las piernas. Me quedo aquí. No puedo más.

NIÑA: ¿Te duelen las piernas? A ver, descansaremos un poco. (Mira hacia los lados, vigilando con temor.) Pero luego tenemos que seguir hasta encontrar la salida de este bosque.

NIÑO: (Llora.) ¿Por qué se han ido papá y mamá? Nos han abandonado...

NIÑA: No nos han abandonado; no llores. Es que nos hemos perdido.

NIÑO: No es verdad, no es verdad.

(ÉL le da unos golpes a ELLA para que despierte de su ensoñación.)

ÉL: Venga, idiota. Despierta. Ya estabas otra vez con tus manías. Mira ahí, dos niños. Venga, a trabajar. Anda, rápido.

ELLA: ¿Dónde?

EL: Ahí. Rápido. Tráemelos. Venga, venga. (La empuja por la escalera abajo. Ella compone la figura.)

ELLA: ¡Hola, niños! ¿Os habéis perdido? Pobrecillos...

NIÑA: Dios mío, qué alegría verla... ¿Nos puede decir por dónde se puede salir del bosque?

ELLA: No os preocupéis, que esta noche vais a pasarla en mi casa. El lindero del bosque está aún muy lejos.

(ÉL, en la solana, descuelga un cuchillo enorme y empieza a afilarlo despacio en una piedra. Ris, ras. Ris, ras.)

NIÑA: Preferiría que nos dijera el camino; no queremos darle trabajo.

ELLA: No es nada, no os preocupéis. Además, llegáis justo para cenar. Os voy a preparar una taza de chocolate con churros, y luego filloas con miel. (Al NIÑO.) A ti te gustan, ¿verdad? (El NIÑO asiente.) Pues, venga, venid.

NIÑO: (A la hermana.) Vamos, vamos, que tengo hambre.

NIÑA: Vamos pues.

(ELLA va detrás de ellos amparándolos con las manos y guiándolos hacia la casa. Los niños avanzan y miran hacia la casa con temor.)

ELLA: Todos tenemos hambre. Qué bien que llegarais a la hora de cenar. Tengo muchos caramelos y golosinas. Toda la casa es de chocolate.

(El NIÑO lo ve a ÉL en la solana, afilando ahora,

uno contra otro, dos cuchillos enormes. El NIÑO se para y quiere retroceder.)

NIÑA: ¿Qué te pasa?

(El NIÑO no puede hablar. No le salen las palabras.)

NIÑA: (A ELLA.) Es que cuando tiene miedo, no puede hablar...

ELLA: Venga, no perdáis tiempo, que es hora de cenar. Vais a matar el hambre.

(Se apagan las luces, y baja el telón.)

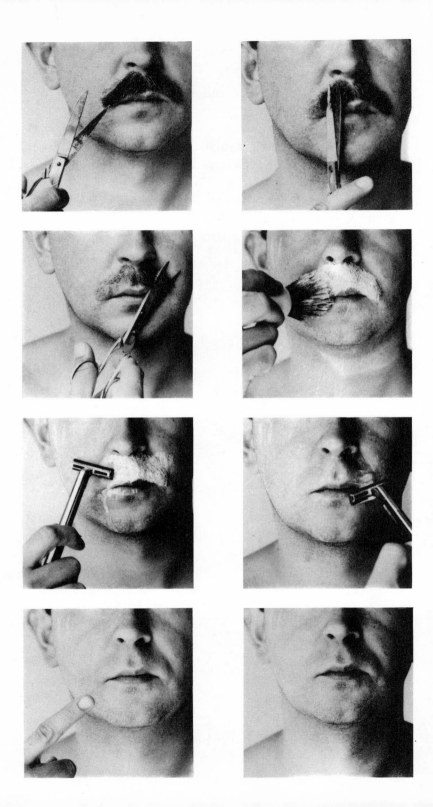

CONDUCTOR

Soy conductor, tú ya lo sabes, conduzco mi coche, driving my car, always driving my car, y voy por la carretera y this is my road, es mi viaje, this is my travel, y paso zumbando, driving my car, zumbandooo.

Pronto amanecerá, a new day, siempre un nuevo día, again, y conduzco y veré pasar los niños para la escuela, to the school, y atravesaré tierras y lugares, here, there and everywhere, pero el tiempo más triste, sad time, es el tiempo en el que los niños esperan al acecho para tirarse a mi paso, when I pass, y el lugar más triste es el País de los Niños Muertos, Dead Boys Country, la tierra más triste, para conducir sin mirar a los lados, hurry

hurry, porque soy conductor, conduzco mi coche, driving my car, driving my car.

Algún día, en algún lugar, alguien me pondrá una trampa para vengar la muerte de su perro o de su hijo atropellado. Llegará ese día. Mientras espero, conduzco mi coche, drive away, porque soy conductor.

En días así, cuando llueve, te entra la morriña y es cuando más me acuerdo de la casa de mis abuelos. Mis abuelos se han muerto ya, uyyy, dónde van ya, pobrecillos. Como viví allí hasta los siete años. No, hasta los seis. ¿O sería hasta los nueve? Ay, carajo, que no me acuerdo ya. El caso es que como viví allí los primeros años, pues se me quedó aquel lugar dentro y cuando me entra morriña me acuerdo de él. Si estuviera inventado lo de meter las almas y los pensamientos de las personas en chipes, que son chismes como una miajita así, pues luego, yo, con un ordenador, podría hablar con ellos. O al menos volverlos a oír y hacerles algo de compañía, que debe de ser muy triste estar muerto. Sobre todo, los niños muertos es lo más triste, que cuando pienso en el País de los Niños Muertos me da mucha tristeza ¿No habrá una manera de llevarles algo de compañía y algo de calor? Tenían que inventar algo, pero creo que aún no hay nada inventado. Por lo menos, yo no leí nada, y yo sigo mucho las revistas técnicas. Pues el caso es que mis abuelos han muerto ya y la casa pasó a unos tíos míos que están emigrados en Suiza. Trabajan para la fábrica Nestlé, la de los chocolates. Están allá todo el año, pero vienen a pasar temporadas y están haciendo una casa nueva a cincuenta metros de la vieja, la de los abuelos. La hacen junto a una pista. Y resulta que mi madre no se lleva bien con el hermano por causa del reparto de las partijas y, claro, ellos no quieren que yo vaya por allí. Pero como a mí, cuando me entra la añoranza, por causa de la lluvia, pues tengo que ir allí, porque empiezo a darle vueltas y más vueltas y no tengo más remedio que ir allí para matar el bicho. Si no, es como si el bicho me royera por dentro. Y voy allí. Como no tengo llave, entraba por una ventana que hay por la parte de atrás. Luego volvía a colocarla como estaba y nadie notaba nada. Y cuando estaba allí, era otra cosa. Era como si se adormeciera el bicho que llevo dentro, como si se sosegara. Cuando estaba en aquella casa, si estaba alterado, me volvía la tranquilidad. Pasaba un par de días allí, comía fruta que hubiera por la huerta o la que cogiera en el huerto de algún vecino y no necesitaba más. Y bebía agua del pozo. Aquella agua que sale de allá abajo, de dentro, era como una consolación. Cuando volvía, siempre me traía de allá una botella para cuando me hiciera falta. Y allí, cuando era de noche y miraba aquellos árboles, aquellos lugares, sentía un placer que ése sí que no sé cómo explicarlo. Ésta es una cosa de la que no podría escribir. No sabría cómo hacer con ella un método científico. Pero allí, en aquella calma, sentía una tranquilidad tan grande tan grande, que no te sé decir. Yo allí me sentía como se sienten otras personas cuando entran en una iglesia. Pero más, mucho más. Allí yo era feliz. Lo que pasa es que mi tío se enteró de que iba por allí; lo notaría en algo, o se lo habrá dicho algún vecino que me vio, el caso es que, mira qué mala entraña, cegó la puerta y las ventanas con ladrillo y cemento. Ellos no quieren para nada aquella casa vieja, que ya tienen casi acabada la nueva, pero la cerraron para siempre por hacerme mal a mí. Ya no podré volver allí. Cuando llegué y vi aquello, me dieron ganas de tirar la pared abajo. Pero, claro, no quiero que mi madre tenga disgustos con su hermano por culpa mía. Bastantes disgustos le he dado ya. A veces vuelvo allí y cojo agua del pozo para traérmela para aquí. Pero ya no tengo aquella tranquilidad, aquella confianza que me daba ir allí. Y la vida, a veces, se hace dura. Ve uno tanta desgracia cuando abre el periódico, sufre uno tanto y tanto cuando cavila en las cosas de la vida que uno ya no sabe. No debería poder uno pensar tanto. A veces se me llena tanto la cabeza de palabras y más palabras, pasando a toda prisa por ella, que ya no sé. Hay días en los que no sé. Pero tampoco me hagas mucho caso; si te soy sincero, soy bastante mentiroso. ¿Es que no va a parar de llover? Ya va siendo hora de marchar, que se está haciendo de noche. Esta noche dicen que va a haber un eclipse de luna. No me gustan los eclipses, más bien parecen mañas de quien yo sé. Acabo de ver pasar por ahí delante a un viejo tirando de una carretilla y me resultó una cara conocida, no sé si no será él. No lo creo, eso espero. Pero no hace mucho, dio con mi madre y le preguntó por mí. Desde entonces no ha vuelto a aparecer. Pero siempre le queda a uno el miedo de que te encuentre. Por lo visto, hoy ya no escampa.

Venga, más basura. Aaay, cada vez cuesta más inclinarse. Llevo al menos treinta años diciendo esto. Mira para los del 5º C, cuatro bolsas de basura. Pasan dos días sin sacarla y después, venga, cuatro juntas. Pues él será médico, pero esto es una porquería. Venga, para dentro. Ya está lleno el ascensor, va a haber que ampliarlo como sigan fabricando mierda. A ver, que aún falta el A y el B. Éstos, poca basura fabrican. Claro, traen los huevos de la aldea y ya no juntan cartones, compran la leche de bolsa que es más económica y no ocupa lugar como las botellas; las patatas también vienen de la aldea, qué bien los veo subiendo buenos sacos. Así está ella de gorda.

Él, no, que el señor va a jugar al futbito. Ella se queda con la Irenita en casa, preparándole a él la cena. Leer no leen el diario, no hacen como el del 7º B, el del perro y el gato, que lee dos periódicos cada día. Para darme trabajo a mí. Cuando saca sus bolsas llenas de papel ya se llena el ascensor, el condenado. Parece bastante ridículo. Venga. Ya está todo. En marcha, bajando. Qué maravilla, viajar entre la mierda toda de los vecinos. Tendrían que venir ellos algún día, a ver si fabricaban menos basura. Eh, qué te pasa. Se ha parado, el condenado. Lo que me faltaba, ya iba un poco atrasada. Arranca, ascensor del carajo. Nada, que no quiere. Lo que me faltaba. Vamos a tocar la alarma. A ver si oye alguien. Otra vez. A ver si ahora no va a pasar nadie por aquí. Aún voy a tener que estar aquí sabe Dios cuánto aguantando el mal olor de toda esta porquería. Puf, qué olores. Y la bolsa con las cáscaras de marisco de los del 6º A. Ellos, la mariscada, yo la porquería. Puf, apesta. A ver si arranca. Nada. Alarma otra vez. Nadie, a que no pasa nadie. Voy a morir asfixiada entre esta porquería. Va a llegar Nano a casa y yo no estoy. La cena sin hacer, y yo no estoy. Pobrecillo, qué va a ser de él el día que yo falte, tan inútil como me salió. Dicen que si es culpa mía, que lo estropeé yo. Vaya, carajo. Yo lo cuidé como a un hijo cualquiera, como a sus hermanas. Pero, cuando yo falte... Y luego, vete a saber con quién se junta, que esas cosas afectan. Por ejemplo, el viejo aquel de barbas y gabardina larga, que parecía un sayo, que vino hace tiempo a preguntar por él. Qué pinta de criminal tenía. Yo le dije que no sabía nada, pero me parece que hoy lo he vuelto a ver rondando por el barrio. Me recordó al viejo Isidro, el muy hijo de puta, Dios me perdone. Nano es bueno, pero luego vienen las malas compañías y se malea. Me gustaría que viniera algún día conmigo a rezar el rosario. Cuando yo falte, que Nuestra Señora o

Nuestro Señor miren por él, que ha de quedar sin amparo. Las hermanas le darán de comer, pero él es delicado, es muy sensible. Dicen que lo he malcriado yo. Bueno, porque le di cariño como a un hijo. Tendría que venir conmigo alguna vez a rezar el rosario, pero no hay manera. A veces está él hablando en voz baja, rezongando, dale que dale, que hasta parece que está rezando. «¿Qué dices, Nano?» «Estoy rezando el rosario, mamá», me dice por hacerme rabiar. Y no es tonto. A veces parece hasta demasiado listo, lo que le pierde es el corazón. Ay, Dios mío, y yo voy a morirme aquí en medio de la mierda de toda esa gente. A ver si ahora. Meca... Menos mal que ahora le da por andar. Ya no podía respirar. Hala, párate aquí. Déjame salir a respirar un poco. Aaah, qué alivio salir de ahí.

Now it's time to say good night
Good night Sleep tight
Now the sun turns out his light
Good night Sleep tight
Dream sweet dreams for me
Dream sweet dreams for you.
....
Good night Good night Everybody
Everybody everywhere
Good night.

(Lennon / McCartney)

ÍNDICE